HARLEQUIN®

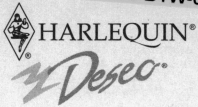

UNA MISIÓN CASI IMPOSIBLE
Cathie Linz

HARLEQUIN®
Tiempo para ti™

NOVELAS CON CORAZÓN

Editado por HARLEQUIN IBÉRICA, S.A.
Hermosilla, 21
28001 Madrid

I.S.B.N.: 84-396-9007-X
Depósito legal: B-34259-2001
Editor responsable: M. T. Villar
Diseño cubierta: María J. Velasco Juez
Composición: M.T., S.L.
Avda. Filipinas, 48. 28003 Madrid
Fotomecánica: PREIMPRESIÓN 2000
c/. Matilde Hernández, 34. 28019 Madrid
Impresión y encuadernación: LITOGRAFÍA ROSÉS, S.A.
c/. Energía, 11. 08850 Gavá (Barcelona)
Fecha impresion para Argentina:16.1.02
Distribuidor exclusivo para España: LOGISTA
Distribuidor para México: INTERMEX, S.A.
Distribuidores para Argentina: interior, BERTRAN, S.A.C. Vélez
Sársfield, 1950. Cap. Fed./ Buenos Aires y Gran Buenos Aires,
VACCARO SÁNCHEZ y Cía, S.A.
Distribuidor para Chile: DISTRIBUIDORA ALFA, S.A.

Capítulo Uno

Paige Turner parpadeó confusa. Aquella no era la primera vez que Shane Huntington acudía a la Biblioteca pública High Grove y le pedía ayuda, pero sí era la primera vez que lo oía pronunciar aquella palabra. Una palabra que, le había dicho en una ocasión, le inspiraba respeto.

–Que quieres... ¿qué?

–Una esposa... perfecta.

–¿*«Una Esposa Perfecta»*? No conozco ese título.

Shane llevaba meses acudiendo a la biblioteca, y siempre se detenía en el mostrador de atención al público para preguntar por novelas de misterio. Paige se había fijado en él desde el primer día, igual que el resto de las chicas de la biblioteca. Con su aspecto atlético y sus hombros anchos, era difícil que pasara inadvertido.

Y además estaba su rostro. No era el rostro de un chico mono, sino el semblante de un hombre encantador. La mandíbula fuerte indicaba que era cabezota, y sus ojos marrón oscuro resultaban hechizantes. Tenía pequeñas arrugas junto a los ojos, lo cual significaba que era un hombre al que le gustaba reír. Su forma amable y seductora de mirar a todas las mujeres de menos de noventa y ocho años hacía pensar que era un hombre que sabía gozar de las mujeres. Además de saber que ellas gozaban con él, claro.

Aquel día llevaba un traje negro, una camisa azul y una corbata con una inscripción. Llevaba la chaqueta abierta, pero no parecía en absoluto el típico detective de policía de la televisión. Era miembro del departamento de policía más próximo, la Wentworth Police Department, y era tan sexy que podría haber figurado en una valla publicitaria anunciando el cuerpo de policía por todo el país. Era todo un hombre, con mayúsculas.

Paige frunció el ceño con la vista fija en la pantalla del ordenador mientras escribía el título.

–«*La Esposa Perfecta*» –repitió en voz alta, decidida a concentrarse en los libros en lugar de mirar a Shane–. ¿Sabes el nombre del autor?

–No estoy hablando de ningún libro –contestó Shane perdiendo la paciencia y dejándose caer sobre el sillón de caoba, junto al mostrador–, estoy hablando de mi vida. Necesito encontrar una esposa perfecta –afirmó clavando sus ojos hechiceros directamente sobre ella.

De pronto, por alguna razón, Paige sintió como si se ahogara. Contempló sus ojos. Era difícil no dejarse hechizar por ellos. Despegó la lengua del paladar, de pronto seco, y dijo:

–Estás de guasa, ¿verdad?

No sería la primera vez que Shane le contaba alguna de las bromas que solía gastar a sus compañeros, oficiales de policía.

–¿Tengo aspecto de estar de guasa?

Shane era demasiado guapo, era imposible que Paige se sintiera cómoda a su lado. La expresión de su rostro indicaba que se sentía ofendido. Bien, no estaba de broma.

–Y recurres a mí... ¿por qué?

–Porque tú siempre sabes dónde encontrarlo todo, así que pensé que podrías ayudarme también en esto.

¿Ayudarlo?, ¿casándose con él? Paige sintió que le temblaba la mano. Las entrelazó en el regazo tratando de calmarse y preguntó:

–¿Haciendo qué, exactamente?

–Ayudándome a encontrar a la mujer perfecta.

Por un instante, nada más contarle Shane que buscaba esposa, Paige había pensado que se refería a ella. La idea la había sobresaltado. Acto seguido, al explicarle él que lo único que deseaba era su ayuda para encontrarla, otro sobresalto la sacudió profundamente. Pero esa vez fue un sobresalto de desilusión. Ambas emociones, no obstante, la hicieron darse cuenta de lo vulnerable que era ante él.

Shane jamás la había mirado, jamás la había considerado una candidata al puesto de esposa perfecta. La única vez que alguien había utilizado la expresión «perfecta» para referirse a ella había sido cuando su ex novio, Quentin Abbywood, la había descrito como una mujer «perfectamente aburrida». Eso había sido justo antes de abandonarla para marcharse con otra. Y no con cualquiera, no. Quentin se había fugado con Joan Harding, una escritora de novelas de misterio, minifalda y cabellos rubio platino, a la que Paige había invitado a la biblioteca a dar una conferencia. Y luego hablaban de echar sal en la herida abierta.

Aquella historia había ocurrido en Ohio, hacía ya casi dos años. Desde entonces Paige había aprendido a mantenerse a distancia de los hombres guapos con sonrisa sexy, de los hombres como Quentin. Hombres que sólo buscaban sexo y pasión, hombres a los que les importaba más el envoltorio que el contenido. Tampoco había sido tan difícil, porque por lo general ese tipo de hombres jamás se volvía para mirarla una segunda vez.

Hasta que Shane entró en la biblioteca. Paige había comenzado una nueva vida en Chicago. No obstante, con sólo mirarla a los ojos una vez y susurrar la palabra «esposa», Shane había conseguido derretirle hasta los huesos. Al menos por un instante. Bien, pues más valía olvidarlo. Con el tiempo, Paige había conseguido recuperar en parte su confianza en sí misma, y no estaba dispuesta a volver a arriesgarla cayendo en otra trampa. No, le gustaba su vida tal y como era.

Una cosa era ayudar a Shane a buscar una novela, y otra muy distinta ayudarlo a encontrar esposa.

–¿Tengo aspecto de ser la directora de una agencia matrimonial? –preguntó Paige sarcástica.

–No, de lo que tienes aspecto es de estar de mal humor. Pareces dispuesta incluso a echarme de aquí.

–No tengo tiempo para bromas –afirmó Paige con cierto remilgo.

O, al menos, así le sonó a ella. Detestaba parecer la típica bibliotecaria remilgada. No le faltaba más que señalarlo con el dedo índice y mandarlo callar. ¿Desde cuándo se había convertido en el estereotipo de bibliotecaria?

–Yo tampoco tengo tiempo para bromas –replicó él–. Tengo menos de un mes para encontrar una esposa perfecta y casarme. En caso contrario, perderé un millón de dólares.

–¿Un millón de dólares? –repitió ella incrédula–. ¿De qué se trata?, ¿de un nuevo concurso de la televisión?

–No –replicó él aflojándose el nudo de la corbata para, segundos después, quitársela como si lo ahogara–. Es la forma de mi abuelo de asegurarse de que su apellido, Huntington, se conserva.

–¿Pagándote un millón de dólares para que te cases?

–Más o menos. Un millón de dólares es mucho dinero. No lo será quizá para el resto de los Huntington, pero sí para mí. Soy la oveja negra de la familia. Shane Huntington, de los Huntington de Winnnetka –rezó con una breve expresión de vulnerabilidad en los ojos.

No le sorprendía que fuera la oveja negra. Lo que sí le sorprendía era que proviniera de una familia adinerada–. ¡Deja ya de mirarme de ese modo! –gruñó Shane–. Soy un tipo normal y corriente, un trabajador que jamás llegará a ganar un millón de dólares ni en un millón de años.

Era evidente que Shane la había interpretado mal. Paige había esbozado una expresión de simpatía ante su breve muestra de debilidad, y él había creído que lo que le gustaba era su familia y el dinero, su procedencia.

–Será mejor que empieces por el principio –sugirió Paige.

–Es una larga historia –advirtió él retorciéndose prácticamente en el asiento.

–Entonces tendrás que hablar deprisa.

–Escucha, en circunstancias normales jamás me preocuparía ese dinero –aseguró Shane.

–¿Por qué?, ¿porque tu familia es rica?

–No, porque el dinero no es importante para mí. Fue eso lo que volvió loco a mi padre. Se desesperó cuando no quise seguir sus pasos y los del resto de mis antepasados, accediendo a trabajar en la profesión familiar.

–¿Que es?

–Yo provengo de una familia de cirujanos –confesó Shane con una extraña sonrisa–. Les dije que no quería dedicarme a la medicina, no sé si me entiendes –Paige no pudo evitarlo, sonrió–. Sí, ríete si quieres –continuó Shane–, ellos no se tomaron tan bien como tú... mi decisión de convertirme en oficial de policía. De eso hace casi diez años, y desde entonces nada ha cambiado. Hasta que me llegó esto.

Shane sacó un sobre de aspecto muy formal de su bolsillo y releyó una vez más su contenido. Había olvidado completamente la herencia de su abuelo fallecido hasta el momento de recibir aquella carta del gabinete de abogados de la familia Huntington: Bottoms, Biggs & Bothers. En ella se le requería para que acudiera cuanto antes a una cita.

Shane acababa de salir de aquella cita en el gabinete, y después se había dirigido directamente a la biblioteca pública. Era el lugar al que siempre acudía cuando necesitaba algo que no se relacionaba directamente con su trabajo. Acudía a Paige Turner, la mujer que una vez le había confesado que, con ese nombre, jamás habría podido dedicarse a otra cosa que no fuera ser bibliotecaria.

Shane sabía qué significaba estar destinado a hacer algo. Su familia siempre le había dicho, desde pequeño, que él estaba destinado a ser un Huntington, de Winnetka. El elegante colegio y el instituto formaban parte del proyecto, un proyecto que él era incapaz de seguir.

–Debe haber miles de mujeres que estarían encantadas de casarse contigo –afirmó Paige.

–Ese es el problema, que no puedo casarme con cualquiera –contestó Shane enseñándole la carta–. Los abogados de Bottoms, Biggs y Bothers, me han informado de que si me caso con una mujer que satisfaga las exigencias de mi abuelo conseguiré el millón de dólares, cosa que, en circunstancias normales, no me hubiera preocupado. Sin embargo las circunstancias ahora mismo no son las normales.

–¿Qué ocurre?, ¿es que has tirado demasiado de la tarjeta de crédito?, ¿o has apostado demasiado dinero a los caballos? Puede que hayas visto un deportivo al que no hayas podido resistirte, ¿es eso? –Shane no parecía muy divertido con sus bromas. Tenía la mandíbula tensa, más dura que de costumbre. Había tocado su punto débil–. Lo siento –se disculpó Paige poniendo una mano reconfortante sobre su brazo.

Shane se recobró enseguida. Parecía como si lamentara haber mostrado cierta debilidad ante ella. De nuevo volvía a ser el hombre amable, encantador, dispuesto siempre a sonreír.

–Vale, admito que quiero el dinero para una mujer. Se llama Brittany, y tiene siete años.

¿Shane tenía una hija? Paige se negó a sacar conclusiones apresuradas, y preguntó:

–¿Y cuál es tu relación con esa niña?

–Brittany es una más de los cientos de niños que viven en Hope House, una casa de acogida para familias que necesitan comenzar de nuevo tras una relación abusiva con el padre. Lo lógico sería pensar que ese tipo de casas, que realizan una labor tan magnífica, no tengan problemas para conseguir dinero, pero no es así. Su mayor benefactor les ha retirado la subvención debido a la falta de fondos. Estábamos haciendo una colecta, tratando de remediar la situación, cuando me llegó esta carta. Parece cosa del destino. Ese millón de dólares podría reemplazar de sobra la subvención que antes recibían.

–No sé qué decir –contestó Paige con cierto sentimiento de culpabilidad por haberse burlado de él–. Eres muy generoso, ofreciéndote a ayudarlos así.

–No se trata de caridad –dijo Shane–. Ellos le salvaron la vida a un buen amigo mío, y desde entonces me he mantenido siempre en contacto. Igual que el departamento de policía. Pero tardaríamos años en reunir ese dinero con una colecta.

Definitivamente, Shane Huntington valía más de lo que parecía. No era simplemente un tipo sexy, tal y como había afirmado Leslie, la del departamento de préstamos bibliotecarios. Sin embargo el hecho de que fuera un filántropo no alteraba en absoluto el hecho de que fuera, además, un peligro público, sexualmente hablando. Ligar para él era algo perfectamente natural. Su amabilidad, su encanto y su atractivo le conferían siempre preferencia por encima de cualquier otro hombre. Pero también era la señal de que, para ella, jamás podría ser más que un conocido.

Todo eso estaba muy bien, se decía Paige en silencio. Sin embargo sus razonamientos no explicaban el cosquilleo que sentía en la espalda cada vez que él entraba en la biblioteca. Y desde luego tampoco explicaban el modo en que se le aceleraba el corazón cuando él le rozaba la mano, como había ocurrido al tenderle la carta minutos antes.

Era humana, se sentía tentada, reflexionó. Tentada por Shane Huntington. Y eso no era bueno. Porque la última vez que se había sentido tentada por un hombre guapo y encantador las cosas habían acabado muy mal. Quentin se había largado con la escritora y ella se había visto obligada a abandonar la ciudad.

La mejor solución era casar a Shane. Y no sólo en beneficio de una buena causa, los niños necesitados, sino, además, para que Shane desapareciera del mapa.

—Has mencionado una lista de exigencias —le recordó Paige.

—Sí, aquí las tengo, anotadas —contestó él sacando un bloc de notas de espiral del bolsillo—. Vamos a ver. La novia debe cumplir los siguientes requisitos: el primero, debe ser una mujer joven y guapa. El segundo, debe provenir de una familia de dinero, respetable y con buenas relaciones.

—No puedo creer que nadie sea capaz de hacer una lista como esa.

—Pues créelo, los Huntington jamás hablan en broma. Para mi familia el matrimonio es un asunto muy serio.

—¿Y dices que se dedican a la medicina?

—Bueno, se reservan la pasión para la profesión —explicó Shane con un aspaviento—. Lo sé, lo sé. Espera, aún no he terminado. En tercer lugar, la novia debe ser capaz de tener hijos.

—¡Dios mío! ¿Qué quieren?, ¿una mujer, o una fábrica de reproducción?

Shane hizo caso omiso de su comentario y continuó:

—En cuarto lugar, debe haberse graduado en el instituto. Y por último, aunque no menos importante, debe ser pelirroja. Pelirroja de nacimiento

–aclaró Shane mirándola, para murmurar después–: ¿Sabes?, acabo de darme cuenta de que eres pelirroja, más o menos.

¿Pelirroja, más o menos?, ¿qué clase de descripción era esa? Sus cabellos habían sido su ruina desde pequeña, cuando el resto de las niñas del colegio se burlaban de ella y la llamaban «Cabeza de zanahoria». Por fin, con más de veinte años, el tono anaranjado había cedido para transformarse en un color al que a ella le gustaba llamar «otoñal». Eso de «otoñal» sonaba mucho mejor que lo de «pelirroja, más o menos».

–Pero si tu familia fuera rica, tú no estarías trabajando en una biblioteca, ¿verdad? –continuó Shane. Paige sencillamente se quedó mirándolo, sin contestar, y él añadió–: Así que, ¿conoces a alguna mujer que reúna esas características?

–Aunque la conociera, no sé cómo ibas a convencerla para que se casara contigo –dijo Paige de mal humor, respondiendo en nombre de todas las mujeres que, naturalmente, hubieran debido sentirse ofendidas ante semejantes exigencias.

Los Huntington parecían tratar a las mujeres como si fueran ganado, en lugar de personas. Shane la miró con una sonrisa encantadora, ligeramente ofendido, a su vez.

–Eh, que puedo ser muy amable, si hace falta. Y desde luego la causa lo merece. Además, sólo necesito estar casado durante un año. Con eso basta para satisfacer las exigencias.

–¿Significa eso que tendrías que esperar un año para conseguir el dinero? –preguntó ella.

–No, pero tengo que firmar un documento comprometiéndome a devolver el dinero en caso de incumplimiento de los requisitos.

–¿Y qué hay de la mujer con la que te cases?, ¿vas a engatusarla diciéndole que la amas para abandonarla después, cuando consigas el dinero?

–¡Por supuesto que no! –respondió Shane indignado.

–¿Qué vas a decirle, entonces? –volvió a preguntar Paige sin dejarse convencer.

–Bueno, es cierto, aún no lo he decidido. Primero tengo que encontrarla. Ya me preocuparé después de lo demás.

–¿Y qué te hace pensar que es tan fácil encontrar a la esposa perfecta?

–Yo no he dicho que sea fácil, por eso he acudido a ti. Tienes que ayudarme, decirme por dónde empezar. Olvídate de mi abuelo, ya sé que la lista es insultante. Piensa en Brittany, en los niños. No me queda mucho tiempo. Tengo que casarme antes de cumplir los treinta años, y falta menos de un mes. Necesito encontrar a la mujer perfecta cuanto antes, y no sé por dónde empezar –resumió encogiéndose de hombros, con un gesto de impotencia.

–Pues empieza por un salón repleto de mujeres ricas –aconsejó Paige automáticamente–. El otro día leí algo en el *Chicago Magazine* acerca de... Espera un segundo, voy a buscarlo.

Shane observó a Paige acercarse a la sección de revistas. Su rostro era como el de un duende, siempre la había considerado una pequeña preciosidad. De pronto, al verla de pie, se daba cuenta de que era muy alta. Llevaba un vestido largo, azul, de flores. Un vestido que le llegaba casi hasta los tobillos. Al caminar, no obstante, las aberturas de los lados mostraban sus tentadoras piernas.

Paige era una de las pocas mujeres que conocía a las que no parecía afectarle en absoluto su encanto personal. Tampoco es que él estuviera empeñado en conquistar a todas las mujeres. Simplemente las conquistaba, era un hecho. Igual que era un hecho que sus cabellos fueran castaños o que tuviera una pequeña deformación en la nariz a causa de un golpe jugando al hockey.

No, Paige jamás había respondido a sus insinuaciones, como el resto de las mujeres. En lugar de ello se echaba a reír o lo miraba como diciendo: «vamos, no puedes estar hablando en serio». Y era realmente una preciosidad. Era una lástima que no proviniera de una familia adinerada, de otro modo habría resuelto inmediatamente su problema. Aunque, pensándolo bien, ella jamás le había hablado de su familia o de su vida privada. Por lo poco que sabía, igual podía proceder de un barrio bajo de Chicago o de una granja rural de Iowa. Eso a él jamás le hubiera importado, de no haberse visto en la obligación de tener en cuenta las exigencias de su abuelo. Una cosa sí era segura: con mujeres como Paige, uno jamás conseguía salirse con la suya.

Al alzarse ella para alcanzar el estante de arriba el vestido de flores se le pegó al pecho. Paige tomó una revista y volvió hacia él.

—Aquí está. Este fin de semana hay un baile de caridad en el centro de la ciudad —dijo mostrándole el artículo, con fotos del baile del año anterior en el que se veía a mujeres bien vestidas y sonrientes.

Las mujeres ricas tenían nombres como Cindy o Mindy, y sus dientes, blanquísimos, habrían sido el orgullo de cualquier dentista. Una de ellas parecía rubia tirando a pelirroja. Quizá encajara.

Shane sacó inmediatamente el teléfono móvil y marcó el número que proporcionaba la revista para más información. Tras escuchar un mensaje grabado, comentó:

—Ya han vendido todas las entradas sueltas. Tendré que comprar entradas para ir en pareja. Además, sólo queda una. La última, así que... —Shane marcó otro número que, según parecía, era el de su tarjeta de crédito. Inmediatamente después comentó—. Arreglado. Tengo las últimas entradas para el Windy City Ball, y eso significa que tú vendrás conmigo.

–¿Y por qué iba yo a ir contigo? –preguntó Paige mirándolo como si se hubiera vuelto loco.

–Porque así podrás ayudarme a elegir a la mejor candidata.

–¿Y no te parece que resultará un poco raro aparecer con una chica cuando buscas novia? –preguntó Paige, que siempre había sido muy práctica.

–Bueno, diremos que eres mi prima –sonrió él como si fuera una idea tan brillante como la teoría de Einstein.

–¿Y por qué estás tan seguro de que voy a acceder?

–¿Te he enseñado ya la foto de Brittany? Esta es del año pasado –comentó Shane sacándola de la cartera.

–Es una niña adorable, pero me estás haciendo chantaje –contestó Paige mirando la foto.

–Es por una buena causa. Además, la cena es gratis.

–Ah, bueno, si la cena es gratis... –bromeó ella.

–Estupendo, sabría que accederías.

–Sólo estaba bromeando.

–Demasiado tarde, ya no puedes echarse atrás. Ponte algo elegante, te recogeré en tu casa hacia las seis y media. Dame tu dirección.

–No –se apresuró Paige a contestar, negándose a acceder a tanta intimidad–. Nos encontraremos allí, en el vestíbulo del hotel. Cerca de conserjería. A las siete.

–Estupendo. Gracias por tu colaboración, Paige. No podría haber encontrado ninguna prima mejor.

–Sí, esa soy yo. Lo hago por deporte –musitó Paige mientras Shane salía de la biblioteca–. Creo que necesito un psiquiatra.

Capítulo Dos

—¡Quietas las manos! —gritó Esma con un perfecto acento inglés haciendo un aspaviento con la cuchara de madera.

Esma Kinch, propietaria de una empresa de *catering* que iba ganando fama de día en día, sentía una pasión contagiosa por la vida. Paige la había conocido al poco tiempo de mudarse a Chicago, cuando Esma se ofreció para ocuparse de la fiesta de la biblioteca, celebrada para reunir fondos. La gente se había quedado maravillada con sus platos, y desde entonces todo Chicago se disputaba su habilidad culinaria.

Esma era de Londres, vestía siempre con muchos colores y tenía un sexto sentido para el diseño. Era, sencillamente, la mejor amiga de Paige. Aquella noche la había invitado a su apartamento para ensayar una nueva versión del *gumbo* pero, según parecía, antes de probarlo había que pedir permiso.

—¡Pero si sólo he probado un poquito! —se defendió Paige.

—No es que no me guste probar los platos en la cocina, es que te vas a destrozar las uñas recién pintadas.

—¿Cuánto tardan en secarse?

—Bastante. Toma, prueba esto —contestó Esma sosteniendo la cuchara llena.

Paige cerró los ojos y saboreó un éxtasis de sabores.

—Mmm... ahora puedo morir feliz.

—No sin antes asistir al Windy City Ball. Quiero

que prestes atención a la comida que sirven y que me lo cuentes todo.

—¡Pero si eres la cocinera más prestigiosa de Chicago!

—Acabo de llegar, relativamente hablando —comentó Esma con modestia.

—¿Y qué empresa de *catering* ha servido las comidas en las dos fiestas más importantes de Chicago, la de la Lyric Opera y la del Art Institute, este año?

—Sí —admitió Esma—, pero Umberto Gerreaux va a preparar algo muy especial para el Windy City Ball —señaló bajando el gas de la cocina de acero inoxidable. Toda la cocina era del mismo material moderno, al estilo industrial—. Y bien, ¿qué vas a ponerte para el baile?

—Tengo un traje de pantalón negro muy bonito... ¿qué? —preguntó Paige al ver su expresión.

—¡Que no se puede llevar un traje de pantalón al Windy City Ball! —exclamó Esma horrorizada—. ¡De ningún modo! Hay que guardar ciertas normas. Es tu oportunidad para lucirte.

—Yo no soy una mujer de esas que llaman la atención, ¿o es que no te habías dado cuenta?

—¡Tonterías! Tú eres del tipo de Audrey Hepburn. Ojos grandes, pómulos marcados, y unos labios...

—Demasiado grandes comparados con el resto de la cara —la interrumpió Paige.

—Conozco a la persona que necesitamos —declaró Esma.

—¿Un cirujano estético? —bromeó Paige.

—Una diseñadora, es amiga mía —contestó Esma con una expresión de reproche—. Trabaja en el equipo de diseño del vestuario de la Lyric Opera, y tiene un sexto sentido para los trajes de baile.

—Estupendo, así parecerá que he salido de una ópera de Wagner.

—No tienes suficiente pecho, jamás podrías ser la heroína de una ópera de Wagner. No, tú tienes la gracia de una bailarina de ballet.

–¡No me digas...! Buen traspiés me daría si tratara de hacer una pirueta. Te juro que lo hacía fatal en el colegio.

–Pero esta vez lo harás bien –afirmó Esma con su acostumbrada seguridad–. Zara, mi amiga, se asegurará de ello. Y yo. Tengo muy buen gusto.

–Pensaba que tu buen gusto era para la comida.

–Dios me bendijo con ambos talentos.

–Además de gran modestia –señaló Paige.

–Mi madre siempre me decía: «Esma, cuanto antes aprendas las cosas buenas de la vida, mejor, porque nunca las conseguirás si no trabajas duro. O si no te casas bien».

Aquello le recordó a Shane. Él tenía que casarse bien. No para apoderarse del dinero de su futura mujer, sino de su propia herencia. Y ella había accedido a ayudarlo. Esa era la razón por la que estaba allí esa noche, escuchando a Esma hablar por el móvil con las uñas recién pintadas. Esma colgó el teléfono y comentó:

–Ahora mismo viene para acá. Vive a unas pocas manzanas de aquí.

Zara llegó resplandeciente, demasiado resplandeciente para gusto de Paige. Vestía de negro con un turbante, rodeó a Paige sin dejar de observarla, y dijo:

–Tienes todo el aspecto de una bibliotecaria.

–Es que soy bibliotecaria –replicó Paige alzando la cabeza.

–Bueno, pero no hace falta que vayas proclamándolo con esa ropa modesta y esos zapatos tan aburridos.

–Es que soy de la opinión de que antes es la comodidad que la belleza –contraatacó Paige.

–¡Calla! –ordenó Zara alzando una mano–. Ya me lo estoy imaginando. Sí, dorado. El pecho muy ajustado, como el talle, y una falda larga y ancha, que vuele cuando bailes.

–¡Pero si no pienso bailar! –exclamó Paige.

Zara, sin embargo, no la escuchaba. Dibujaba frenéticamente en la parte de atrás de uno de los menús de Esma. Estaría brillante. ¡Brillante!

Las limusinas se alineaban frente a la puerta del hotel. La más alta sociedad de Chicago salía de ellas para entregarles las llaves al mozo aparcacoches. Entre tantas pieles y diamantes, nadie pareció prestar atención a Paige, que llevaba una capa negra. Nadie le sujetaba la puerta.

Paige llegó a la mesa de conserjería justo a las siete. No había ni rastro de Shane. Quizá se hubiera olvidado. Quizá hubiera tenido una emergencia en el trabajo. O quizá fuera el tipo que, de pie, charlaba con una rubia. Sí, era él.

Shane se volvió justo entonces, como si fuera consciente de su mirada. Sonrió y la saludó con la mano. Luego, tras excusarse con la rubia, se dirigió hacia ella. Eso le concedió tiempo a Paige para admirar su traje, que parecía de Armani. Era de un gris marengo tan oscuro que parecía negro. Y la camisa era de idéntico color.

Estaba estupendo. Increíble. Pero lo que contaba en un hombre era su interior. Y aquel hombre estaba dispuesto a donar un millón de dólares para ayudar a los niños necesitados.

–Esa no parece una buena candidata, no es pelirroja –comentó Paige señalando a la rubia con la que él había estado hablando, que no dejaba de mirarlos.

–Sólo estaba practicando mis encantos –contestó Shane con una sonrisa.

–Bueno, pues déjalo ya o tu esposa perfecta te dará un puntapié antes incluso de que trates de convencerla. ¿Te importaría que nos concentráramos única y exclusivamente en nuestro objetivo?

–Estoy concentrado –protestó Shane–. ¿Por qué crees si no que me he puesto este traje de diseño?

–Debo confesar que te sienta...

Paige se interrumpió. La boca se le quedó seca de pronto. No sabía qué decir. Había sido un error levantar la vista para mirar a Shane desde tan cerca.

–¿Me sienta...?

Paige tragó y dio un paso atrás. Luego contestó:

–Nadie diría que eres oficial de policía.

–Eso es lo que cuenta. Así que, primita, dejemos tu abrigo y entremos. Me muero de hambre.

–No es un abrigo, es una capa –lo corrigió ella–. Y no pienso quitármela.

–Yo pagaré el guardarropa –aseguró Shane poniendo una mano sobre su hombro para ayudarla a quitársela.

–No se trata de eso –se apresuró a decir Paige dando otro paso atrás.

–Entonces, ¿cuál es el problema?

–Hace frío. Prefiero tenerla puesta.

–Antes o después, tendrás que quitártela.

–No cuentes con ello –musitó Paige entre dientes.

–¿Qué has dicho? –preguntó, Shane inclinándose hacia ella y observando su rostro–. Si tanto frío tienes, ¿cómo es que estás toda ruborizada? No estarás tratando de decirme algo, ¿verdad?

–Sí –afirmó Paige–, que me arrepiento.

–No me abandones ahora, Paige. Cuento contigo –Paige lo miró a los ojos. Su expresión confiada la animaba a seguir–. Vamos, ven a cenar esos platos exquisitos y a bailar.

Entraron sin que apenas Paige se diera cuenta. Al pasar por el guardarropa Shane hizo una pausa y la miró burlón.

–Bien, llegó la hora. No debes sentirte violenta –aseguró él serio–. No espero que lleves un vestido espectacular como esas señoras. Lleves lo que lleves, irás bien.

¿Acaso pensaba que llevaba su traje de bibliotecaria y sus aburridos zapatos? Bueno, lo cierto era que sí llevaba los zapatos planos. Había tenido que tomar el autobús y caminar. Se suponía que debía cambiarse de zapatos nada más entrar, pero lo había olvidado al ver a Shane con la rubia. Esma le había regalado unos especiales para la ocasión.

—Deja que vaya primero al servicio un momento —contestó Paige.

Paige entró en el servicio y se cambió de zapatos. Guardó los planos en una bolsa grande y sacó de ella un bolsito de noche de cuentas doradas. Pensaba dejar la bolsa junto con la capa, en el guardarropa.

Se miró al espejo y decidió retocarse los labios. Zara había insistido mucho en que las motas doradas del lápiz de labios rosa ensalzaban sus labios. Ella le había contestado que ya los tenía bastante grandes, que no necesitaba ensalzarlos, pero entonces la diseñadora había alegado que todas las mujeres ricas acudían a un cirujano para conseguir unos labios como los que Dios le había dado.

Mirándose al espejo, Paige tuvo que confesarse que Zara tenía razón. Con aquel maquillaje sus labios se veían de otro modo muy distinto. ¿Advertiría también Shane el cambio? Tenía que dejar de pensar en él, se dijo. Sólo asistía al baile para ayudarlo. Cuanto antes se casara, antes acabaría con la tentación.

Paige se miró una última vez al espejo para comprobar que iba bien peinada y tenía el collar en su sitio. Zara le había asegurado que en un salón repleto de mujeres con joyas auténticas nadie advertiría que la suya era falsa.

—Lista o no, allá voy —musitó saliendo del servicio.

—Aún llevas la capa —comentó Shane mirándola sin alterarse, aparentemente, por el resultado de la barra de labios—. Aprisa, quítatela. Hoy no he comido, y como no corramos no cenaremos tampoco.

Paige se quitó la capa. Al ver a Shane abrir la boca, volvió a ponérsela corriendo.

–Es un poco exagerado, ¿verdad? –Shane parpadeó como si dudara de lo que le mostraban sus sentidos. Luego alargó una mano y tomó la capa delicadamente–. Es exagerado, ya lo sé –insistió Paige estirándose la falda–. Le dije a Zara que era muy exagerado. Demasiado estilo «Cenicienta», demasiado vuelo.

Shane tenía la capa en la mano. Estaba de pie, mirándola. Paige, incapaz de soportar el suspense un segundo más, rogó:

–Di algo.

–Guau –murmuró él.

–¿Guau quiere decir que es excesivo y que parezco una estúpida?

–¿Estás de guasa? Estás... impresionante –añadió llevándose una mano al pecho y mirándola de arriba abajo, admirándola–. Me dejas de piedra.

Paige, nerviosa de pronto al ver la mirada sensual de sus ojos oscuros, se apresuró a responder:

–Se supone que soy tu prima, ¿recuerdas? No estoy segura de que sea correcto mirar así a una prima.

–No puedo evitarlo –murmuró él sin demostrar arrepentimiento alguno.

–Bueno, basta ya. La gente nos mira.

–Porque estás impresionante.

–Sí, bien.

–¡Lo digo en serio! –insistió Shane volviendo el rostro de Paige hacia un enorme espejo a la entrada del salón de baile–. Compruébalo por ti misma.

Paige miró primero el reflejo de Shane. Había puesto ambas manos sobre sus hombros, y su cuerpo parecía hecho a propósito para llevar trajes caros. Tenía la suficiente confianza en sí mismo como para hacerlo.

Después se miró a sí misma, con las mejillas ruborizadas y los labios brillantes, iluminados suavemente. El vestido parecía encajar mejor en aquel ambiente grandioso. Los tirantes, muy finos, mostraban sus hombros. El corpiño, entallado, le sentaba como un guante, y la falda de vuelto, que partía de la cintura, le llegaba a los tobillos. Apenas se reconocía a sí misma.

¿De dónde había salido aquella Paige Turner? No parecía la bibliotecaria de High Grove Public Library. Ya no era la mujer aburrida a la que su novio había abandonado por una escritora de novelas de misterio. Ni la mujer que prefería mantenerse en la sombra. Era otra persona. Una persona nueva, renacida. Una mujer que, junto a aquel hombre tan sexy y atractivo, no podía dejar de preguntarse qué se sentiría acostándose con él.

—No puedo creerlo. Tengo miedo. Tengo que volver a la realidad –murmuró Paige sin darse cuenta de que hablaba en voz alta.

—Tranquila, *madam* –sonrió Shane–, estás conmigo.

Eso era lo que se temía. Temía estar con él... y enamorarse.

Capítulo Tres

–Entonces, ¿te rindes? –preguntó Shane.

–¿Qué? –preguntó Paige tragando.

¿Le había leído el pensamiento? ¿Acaso se le notaba la intensa atracción que sentía hacia él? ¿Es que había dejado escapar algún indicio que revelara que había estado pensando en cómo sería acostarse con él?

–La capa. ¿Te rindes?, ¿me dejas llevarla al guardarropa?

La capa, Shane hablaba de la capa. A su lado se sentía tan confusa que no se enteraba de nada. Y eso no era bueno. Tenía que mantenerse serena y lúcida para soportar aquella velada sin sentirse herida a causa de sus estúpidas esperanzas. Shane había dejado muy claro cuál sería su papel: ayudarlo a encontrar esposa, no jugar a la Cenicienta.

–Perdona, no me daba cuenta de lo difícil que es para ti contestar a esa pregunta. Si tanto significa para ti, déjatela puesta.

–No –se negó Paige alargando el bolso y la capa–. Ve, llévate todo esto. Gracias.

Hubiera debido pedirle, de paso, que le guardara también en el ropero sus estúpidas fantasías acerca de Cenicienta.

Paige entró en el salón tratando de serenarse. El ambiente no colaboraba demasiado, parecía el salón de un castillo de cuentos. El techo brillaba como el cielo azul estrellado, y las paredes estaban llenas de luces parpadeantes. De frente, pasada la pista de baile, un castillo de perfil.

Resultaba impresionante. E impresionante era también el calor que le producía Shane, que la agarraba del brazo y la guiaba hacia la mesa. Por mucho que se hubiera prometido no dejarse afectar por él, Shane seguía conservando su habilidad para acelerarle el corazón. Y eso, se repitió una vez más, no era bueno. Quizá si comiera algo...

–Aquí es, mesa trece –señaló Shane sujetándole la silla.

–Me alegro de no ser supersticiosa –murmuró ella sentándose y observando la caligrafía de la tarjeta en la que se detallaba el menú.

Paige alargó la mano y tomó una barrita de pan de un cuenco antes de mirar a los comensales que había a su alrededor. El arreglo floral, en el centro de la mesa, con al menos una docena de rosas, era lo suficientemente bajito como para no impedir la visión. Enseguida notó que sus compañeros de mesa eran todo parejas, y todos rondaban los sesenta. Ninguna candidata para Shane.

Paige volvió la vista hacia él. Shane la miró significativamente. Era evidente que había llegado a la misma conclusión.

–En el departamento de policía, cuando ocurre algo así, ampliamos nuestro campo de investigación –comentó él inclinándose hacia ella.

Paige sintió su aliento sobre la mejilla y alcanzó otra barrita de pan. Era mucho mejor que apresurarse y cometer un error, como por ejemplo alargar la mano y comprobar la suave textura de la piel de Shane acariciándole la mejilla.

Por fin consiguió calmarse, más o menos cuando los camareros, que parecían los pajes de un cuento, retiraron la crema de pepino fría para volver con las chuletas. La mujer de cabellos plateados sentada a la derecha de Paige parecía especialmente charlatana. Se presentó a sí misma como Inez O'Reilly, y luego presentó a su marido, Frank.

–Lo han decorado todo muy bien, ¿verdad? –comentó Inez señalando a su alrededor.

–Sí –confirmó Paige–. En Toledo no tenemos nada semejante.

–Recuerdo la primera vez que asistí a este baile. Aquel año colocaron un circo, tenían hasta tiendas de campaña y elefantes. Para una chica como yo, criada en el sur, fue toda una experiencia. Yo no nací entre tanto lujo. Ni mi marido ni yo nos criamos con cuchara de plata.

–Bueno, las cucharas de plata tampoco son tan maravillosas como la gente se cree –observó Shane inclinándose hacia ellas.

–Pues hay muchas personas aquí que no estarían de acuerdo con usted –señaló Inez.

–Eso no me importa, estoy acostumbrado a que la gente opine exactamente lo contrario que yo.

–Ah, entonces debe ser usted un librepensador, como mi marido, Frank –repuso Inez dándole a su marido una palmadita cariñosa en el brazo y volviéndose hacia Shane y Paige–. Debo decir que son ustedes una pareja encantadora.

–Bueno, no somos pareja –aseguró Paige–. Shane es... mi primo.

–¿En serio? –preguntó Inez frunciendo el ceño.

Por un momento Paige estuvo a punto de decir que Shane era su amante. Aquella idea rebelde la hizo parpadear. Ella no era como Shane, no le gustaba mostrarse desafiante ante la opinión de los demás. Y la opinión de los demás era que ella era un ratoncito silencioso, una persona sin pizca de brillo. Esa era la razón por la que Quentin se había fugado con Joan Harding que, por otro lado, no tenía ni pizca de cerebro. Joan se creía la dueña del mundo, y no dudaba en tomar de él lo que quería. Incluido su novio.

No, lo mejor era no relacionarse con hombres atractivos. Era más seguro relacionarse con personas calladas, como ella. Y Shane no lo era en absoluto.

–Sí, somos primos –repitió Paige.

La conversación pareció decaer al llegar un nuevo plato exquisito. Paige se prometió contarle a Esma lo deliciosa que era la combinación de puntas de espárrago con zanahorias diminutas. El postre era *mousse* de chocolate con salsa de frambuesa.

Aquel ambiente al estilo de los cuentos le hacía difícil no dejarse llevar por la magia. Tras la cena, en cuanto comenzó el baile y Shane insistió en sacarla, Paige fue incapaz de resistirse.

Shane la tomó en sus brazos como si estuviera acostumbrado a hacerlo. Era de esperar, en un hombre como él. Debía estar acostumbrado a llevarse a las mujeres de calle. Lo sorprendente, en cambio, era que ella no vacilara, que no diera un traspiés. Quizá se debiera al vestido o a los zapatos. Fuera cual fuera la razón, Shane la llevaba de un lado a otro como a una Cenicienta. El viejo vals de Strauss parecía concebido para eso. Shane la agarraba de una mano, ponía la otra sobre su cintura y rozaba su cuerpo de vez en cuando contra el de ella mientras giraban.

Era fácil olvidar, fingir, dejarse llevar por la fantasía. En sus brazos, había dejado de ser Paige Turner, la bibliotecaria. Era la misteriosa mujer dorada. Paige había pescado más de una mirada envidiosa por parte de otras mujeres en el salón. Quizá quisieran parecerse a ella.

Pero Paige también quería ser ella, ser la mujer del vestido imponente que bailaba con un hombre imponente. Había recibido numerosos halagos de la gente, que le preguntaba por su vestido. Paige sabía, sin embargo, que no se trataba sólo del vestido. Lo importante era Shane. Era indudable el impacto que causaba entre las mujeres. Y el traje lo aumentaba aún más. Sí, Shane Huntington era perfecto.

Paige hubiera deseado... tener más confianza en sí misma, más experiencia, más... de todo.

Shane la miró y sonrió. Aquella sonrisa era distinta de las otras que había esbozado, nueva. Era la sonrisa que le dedicaba un hombre a una mujer que le gustaba, resultaba abrumadora.

Paige se olvidó de respirar, de moverse. Entonces dio un traspiés y chocaron con otra pareja. De pronto la magia se rompió.

—Lo siento —se apresuró Paige a disculparse ante la joven contra la que había chocado.

La música cesó, igual que el corazón de Paige, que se detuvo al ver la mirada insinuante de la pelirroja hacia Shane. No llevaba anillo de compromiso, y al hablar lo miraba únicamente a él:

—Eso me pasa por bailar con el principiante de nuestro gabinete de abogados. ¿Y tú?, ¿qué excusa tienes tú?

Antes de contestar, Paige observó el modo en que la joven se apresuraba a comprobar si ella y Shane llevaban anillo de compromiso.

—Es mi primo.

—Estupendo. Me llamo Scarlet McKenzie. Nuestro gabinete de abogados, McKenzie, Banks and Stevenson, ha reservado una mesa entera en este baile.

Shane sonrió mirando a Scarlet. Paige se repitió en silencio que no era la misma sonrisa que acababa de dedicarle a ella, pero lo cierto era que no estaba segura. Estaba ruborizada, como si acabara de despertar de un sueño y se encontrara de pronto en un lugar en el que no encajara.

—Quizá sea mejor que los dejemos solos y nos apartemos de su camino —sugirió el principiante en voz baja, dirigiéndose a Paige.

Paige sonrió y asintió. Scarlet, de blanco con un vestido que enseñaba toda la espalda, resultaba encantadora junto a Shane. Parecía sacada de una revista. El vestido de seda drapeado se ajustaba a su cuerpo a la perfección. Paige se sintió como el ángel que adorna un árbol de Navidad.

Apartarse de su camino, se repetía Paige, parafraseando las palabras del principiante como si fueran las campanadas de un reloj marcando las doce. Shane se alejó bailando con Scarlet, y Paige decidió que, verdaderamente, había llegado la hora de marcharse, de apartarse de su camino... definitivamente.

Había cumplido con su trabajo. Para ella la fiesta había terminado. Más valía marcharse, antes de que alguien descubriera quién era en realidad. Una persona que jamas lograba encajar. Al menos durante demasiado tiempo.

Paige se acercó a despedirse de Inez y del resto de comensales y se dirigió al guardarropa. Se apoyó en una silla y se cambió de zapatos. Y, mientras tanto, no dejaba de hacerse reproches en silencio. Era una tonta. Sabía a qué se exponía, y sin embargo se había dejado embaucar. Por la magia, por la fantasía, por él. Bien, todo había terminado. El carruaje se había transformado en una calabaza. Era la hora de tomar el autobús.

Paige acababa de salir de una reunión de la biblioteca, y se dirigía a comer, cuando Shane apareció delante del mostrador.

—Creo que esto es tuyo —dijo tendiéndole un zapato dorado.

—¿Dónde lo has encontrado?

Ni siquiera sabía que lo hubiera perdido. Habría jurado que los había metido los dos en el bolso la noche anterior.

—Junto al guardarropa.

—Debe habérseme caído —contestó Paige alargando la mano para recogerlo.

—Quizá deba probártelo... —murmuró Shane con

un brillo burlón en los ojos, retirando la mano–... para asegurarme de que es tuyo, de que encaja.

Paige se negó a dejarse embaucar por su encanto. Aquel día Shane llevaba otro traje oscuro, una camisa azul clara y una corbata oscura. Pero no iba a dejarse impresionar. Se negaba a dejarse impresionar.

–Hablando de encajar, Scarlet parece ser una candidata perfecta a esposa. Abogada, pelirroja, trabajando en un gabinete de abogados respetable...

–¿Y es por eso por lo que te fuiste del baile tan pronto?, ¿por Scarlet?

–Pensé que ya había cumplido mi misión –contestó ella encogiéndose de hombros.

–¿Tu misión? No sabía que fuera tan terrible estar conmigo –replicó él enfadado.

Paige no supo qué contestar, de modo que permaneció en silencio tratando de ocuparse en algo, como por ejemplo ordenar aquella mesa, que no era suya. Era el mostrador de cara al público, y lo ocupaba la persona a la que le tocara atender en cada momento. Su mesa estaba en las oficinas, en la parte de atrás, y estaba ordenada.

–Pues ya que te molesta tanto estar conmigo, te alegrará saber que Scarlet y yo vamos a salir juntos esta noche.

–¿Alegrarme? Estoy encantada.

Cada día que pasaba mentía mejor. Fingía ser completamente indiferente, como si de verdad esperara ansiosa que Scarlet y él se citaran aquella noche.

–Además he conseguido otra candidata gracias al tipo que estaba sentado a mi lado en la mesa. Me enseñó la foto de su sobrina, Kate O'Malley. Su familia es de la costa norte, del gremio de las artes gráficas.

–¿Otra candidata? –preguntó Paige demostrando esta vez su desazón–. ¿Pero es que no te da vergüenza hablar de las mujeres como si fueran calcetines que tuvieras que elegir en una tienda?

–Eh, que lo de la lista no fue idea mía. No he sido yo quien ha impuesto esas condiciones.

–¿No?, ¿y qué condiciones pondrías tú, entonces?

Shane sonrió y sacó su sempiterna libreta de espiral del bolsillo antes de contestar:

–Me he hecho una lista propia... –empezó a decir, cuando Paige le quitó la libreta de las manos.

–Número uno: que le sienten bien los tangas –leyó Paige incrédula, en voz alta–. Número dos: que tenga, como mínimo, la talla C de copa de sujetador.

Shane se encogió de hombros y sonrió a medias al ver la mirada hostil de Paige. Trataba de defenderse:

–Eh, se puede soñar, ¿no?

–¿Sí? Pues tú sueñas con mujeres de pechos grandes y traseros pequeños, según parece.

Aquellas exigencias, definitivamente, la excluían a ella. Su cuerpo era precisamente al revés: pechos pequeños, trasero grande.

–Pero habrás notado que he escrito un asterisco junto a la segunda condición –señaló él–. Eso significa que se trata sólo de una sugerencia, no de una condición imprescindible.

–¡Oh, qué alivio! Todas las mujeres de Chicago se sentirán muy contentas oyéndote decirlo –replicó Paige–. Ya las oigo cantar de alegría. No, espera... creo que era mi estómago.

–Eh, nadie te ha mandado leer esa lista.

–No, es como un accidente de carretera. Sé que no hubiera debido mirar, pero no he podido evitarlo. Sigo. Número tres: debe ser aficionada al hockey. ¿Aficionada al hockey? –repitió Paige en tono de pregunta–. Pues no es precisamente un deporte que se practique en los colegios de la alta sociedad.

–Sí, lo sé –reconoció él tristemente–. Aun así se puede soñar...

–¡Si crees que vas a encontrar a alguien que te

aguante es que estás soñando! –exclamó Paige devolviéndole la libreta–. Buena suerte con Scarlet. Vas a necesitarla.

–Me encanta cómo has arreglado el apartamento –comentó Esma, igual que hacía cada vez que entraba en casa de Paige.

Paige miró a su alrededor. Le había costado bastante trabajo conseguir poner cada cosa en su lugar. Sobre el sofá, una funda beis de flores, de estilo provenzal, cuyo estampado se repetía en los cojines de los sillones. A un lado, una mesita pintada en color marfil con sobre de nogal de estilo rústico francés. Delante, otra a juego, cuadrada, con un enorme cuenco de madera de adorno, en el centro, en el cual se acurrucaban Simon y Schuster, sus dos gatos, como dos ovillos.

–He comprado unas chucherías para los gatitos –susurró Esma haciéndola callar con un dedo sobre los labios, sabiendo que Simon y Schuster siempre se enteraban de todo lo que tuviera relación con la comida.

–Los malcrías –protestó Paige sin ánimo de reproche–. Creo que tengo al único par de gatos del mundo adictos al caviar.

–Y también les gustan las langostas –le recordó Esma olvidando bajar la voz.

Al escuchar la «L» de «langostas», Simon levantó la cabeza medio dormido y parpadeó. Reconoció a Esma, salió del cuenco y se estiró. Su pelo gris brillaba a los rayos de sol del atardecer, que entraban por la ventana. El edificio había sido una fábrica, y aún tenía los ladrillos vistos pintados de blanco y las ventanas enormes, de tipo industrial. Paige había colocado una cuna para gatos junto a la ventana para que vieran el mundo pasar cuando no estuvieran durmiendo.

–Mmmrrrrooooow –se estiró Simon, el más vivaracho, acercándose a Esma sin perder un instante para congraciarse con ella.

–Oh, qué cariñoso eres –comentó Esma–. Ven, mira los que os he traído.

Simon corrió obediente tras ella y llegó el primero a la cocina, mientras Schuster caía en la cuenta de lo que ocurría. El gato gris y naranja, aún adormecido, los siguió.

–Qué amable eres trayéndoles los restos de las fiestas –comentó Paige.

–Jamás he podido resistirme a esas caritas de ángel –respondió Esma mientras Simon la miraba levantando la cabeza, como diciendo: «dame de comer».

–Por eso te gusto yo –respondió Paige mientras Esma cortaba la langosta y la dividía en dos partes iguales.

–Espero que te hayas dado cuenta de que aún no te he preguntado nada sobre lo de anoche –comentó Esma lavándose las manos en la cocina.

La cocina de Paige, a diferencia de la de Esma, era de tipo estándar, de color beis, a tono con las paredes. Paige le había dado cierto estilo personal colocando cuadros con semillas de flores sobre los armarios.

–Sí, ya he notado tu reserva –la felicitó Paige mientras volvían al salón a sentarse–. Dale las gracias a Zara de mi parte. He llevado el vestido al tinte, se lo devolveré cuando lo recoja.

–¡Tonterías! –exclamó Esma sacudiendo la mano–. Lo hizo para ti.

–Mucha gente me preguntó por él, así que les hablé de Zara y comenté que tiene una página Web.

–Sí, excelente, ya la han llamado y le han hecho unos pedidos –explicó Esma acurrucándose en el sofá y dando palmaditas a su lado para que Paige se sentara junto a ella–. Ven, siéntate. Me muero por conocer los detalles de la fiesta. ¿Qué tal la comida? ¿Y tu chico? ¿Qué tal estaba la comida? ¿Bailaste mucho? Ah, y, sobre todo, cuéntamelo todo sobre la comida.

–Te he traído una copia del menú –contestó Paige tendiéndosela antes de sentarse–. Por si te interesaba –añadió en tono de burla.

–Bueno, no es que esté obsesionada con la comida, pero el *caterer* que la servía es un cerdo, me interesa saber cómo fue.

–Fue –respondió Paige encogiéndose de hombros y mirándose el pecho, plano bajo un top azul.

¿Le había sentado siempre así aquel top?, se preguntó.

–No eres muy explícita –comentó Esma–. Vamos, cuéntamelo todo, desde que te vino a recoger hasta que...

–Nos encontramos en el hotel –la interrumpió Paige.

–...hasta que volvisteis a casa.

–Tomé un taxi.

Esma la miró frunciendo el ceño, mostrando su desaprobación.

–¿Que os encontrasteis allí, y luego tomaste un taxi? ¿Qué clase de cita es esa?

–En realidad no era una cita. Te dije que no iba a ser una noche romántica. Simplemente traté de ayudar a Shane, eso es todo. Somos amigos.

–¿Es que es *gay*? –exigió saber Esma, muy directa.

–No, no es *gay* –respondió Paige sorprendida.

–Bueno, pues hay que ser *gay* para no apreciar lo guapa que estabas con ese vestido.

–Pero estábamos en un salón de fiestas, con miles de personas vestidas con preciosos vestidos de Versace y Vera Wang –le recordó Paige–. Había mujeres con zapatos que debían costar cientos de dólares.

Esma no le preguntó cómo sabía el precio de los zapatos. En lugar de ello, dijo:

–¿Le has hablado de tu familia, de Toledo?

–No, ni tengo intención de hacerlo. No pienso volver a Toledo –aseguró Paige–. He comenzado una nueva vida aquí. Además, yo no soy en absoluto la chica que está buscando.

–¿Y cómo es la chica que está buscando, exactamente?

–La esposa perfecta –respondió Paige–. De hecho, ahora mismo debe estar en su cita con la candidata perfecta.

–¿A esto lo llamas rollitos calientes? –preguntó Scarlet en tono exigente, intimidatorio, dirigiéndose al camarero–. Quizá lo estuvieran... hace diez años. Apártalos de mi vista y tráeme otros inmediatamente.

Shane fue el primero en admitir que Scarlet resultaba un poco... agresiva. Llevaban sólo media hora en aquel restaurante francés, pero había conseguido ya asustar a dos mozos y a un acompañante para la cena. Es decir, a él. Por último, parecía a punto de conseguir que el camarero se echara a llorar.

La romántica mesa de mantel blanco parecía desentonar con el impertinente comportamiento de Scarlet. Hasta los elegantes comensales que tomaban su *martini* en la barra volvían la cabeza para mirarla con desaprobación. Scarlet, en apariencia indiferente, se volvió hacia Shane y sonrió.

–Mis empleados dicen que no he sabido desarrollar el don de gentes, pero yo siempre les digo que no tengo tiempo. El día es demasiado corto como para estar dándole coba a un empleado incapaz de hacer lo que le dicen, tengo otros planes en mi vida.

Shane también tenía un plan: encontrar a la esposa perfecta. Pero no estaba muy seguro de que Scarlet encajara en el papel. Probablemente no le gustara el hockey, aunque con su actitud podría ser una jugadora endiablada.

–¿Te gustan los niños? –preguntó ella por sorpresa.

En realidad Scarlet llevaba toda la noche interrogándolo, igual que si él hubiera solicitado un puesto de trabajo. Hubiera debido de ser él quien le hiciera las preguntas.

–Me parecen bien –respondió Shane cauto–. ¿Por qué? ¿Es que entran en tus planes?

–Desde luego. Ya tengo escogido el servicio de niñeras que utilizaré. Y el colegio.

–¿Y de qué sirve tener niños si no piensas cuidarlos?

–Bueno... para continuar la línea familiar, naturalmente –respondió Scarlet mirándolo con superioridad.

–Ah, claro.

–Pensé que estarías de acuerdo conmigo, como eres un Huntington...

–Soy la oveja negra de la familia –respondió Shane con modestia.

–Eso he oído. Naturalmente, he tenido que indagar sobre ti antes de nuestra cita.

–Naturalmente –contestó Shane levantando la copa de *sauvignon*, a cuarenta y cinco dólares la botella.

Scarlet había asegurado que estaba muerta de hambre, de modo que había elegido el aperitivo más caro, pero sólo había picoteado algo. Luego, como plato entrante, había pedido langosta, sobre la cual la carta no especificaba el precio, que dependía del mercado. Shane no pudo evitar preguntarse a cuánto ascendería finalmente la cuenta. A esas alturas, encontrar la esposa perfecta iba a llevarlo a la bancarrota. Sólo la cena de aquella noche podía llegar a costarle doscientos dólares. La suma quizá fuera insignificante para los Huntington, pero no para él. Scarlet, que pareció leerle el pensamiento, añadió:

–No puedo creer que seas detective de policía –se encogió de hombros–. No es que no comprenda que quieras rebelarte contra tu familia, eso lo entiendo. Es decir, yo, por ejemplo, fui a Harvard en lugar de ir a Northwestern, la Universidad ideal según mi padre.

–¡Qué rebelde! –comentó Shane, que también había hecho ciertas averiguaciones por su cuenta.

Scarlet procedía de una familia de tradición en la carrera de la abogacía. Su padre había servido como abogado del estado antes de ponerse a trabajar en el gabinete de su abuelo. No había nada en sus orígenes a lo que los abogados de los Huntington, Bottom, Biggs & Bothers, pudieran poner objeciones. Su padre, sin duda, aprobaría la unión. Se pasaba la vida quejándose de lo caro que salía contratar los servicios de un abogado y de lo práctico que sería tener a uno en la familia. Tener un gabinete completo lo haría feliz.

Sí, Scarlet McKenzie era la candidata perfecta. Resultaba deprimente.

Cumplía las condiciones una y dos de la lista: buena familia, graduada. ¿Sería su pelirrojo sólo producto del tinte? Una cosa era segura: no tenía intención de comprobarlo personalmente. Aquella mujer no le hacía tilín.

Pero, ¿por qué? ¿Por su tendencia a soltar improperios? ¿O quizá porque su carácter le recordaba terriblemente a la forma de ser de su familia? Las cosas, en definitiva, no estaban saliendo como había planeado.

Eran poco más de las nueve, y Paige iba por la mitad del libro de Amanda Quick, su última novela romántica, cuando sonó el timbre del interfono que comunicaba su apartamento con el vestíbulo del edificio. No esperaba a nadie. A menos que se tratara de Esma, de nuevo. Paige pulsó el botón y preguntó:

–¿Quién es?

–Soy yo, Shane. Necesito hablar contigo.

Paige abrió la puerta.

–Bonito sistema de seguridad –comentó Shane nada más terminar de subir las escaleras que daban al segundo piso, donde estaba su apartamento.

Paige había abierto ya la puerta y lo miraba sin ocultar su sorpresa.

–¿Qué estás haciendo tú aquí, y cómo has averiguado dónde vivía?

–Soy detective de policía –le recordó Shane contestando primero a su última pregunta–, y no me mandes al diablo.

–Solo entre susurros –murmuró Paige irónica echándose a un lado para cederle el paso.

–Me refiero a que esta noche me has gafado –continuó Shane dejándose caer en el sillón favorito de Paige como si fuera su propia casa–. Me has deseado suerte con Scarlet, y luego has dicho que presentías que iba necesitarla.

Paige suspiró y se acurrucó en el sofá frente a él mirándolo con expresión resignada.

–¿Qué has hecho para echarlo todo a perder?

–Eh, yo no lo he echado todo a perder –negó él aflojándose el nudo de la corbata para, finalmente, quitársela del todo y metérsela en el bolsillo.

–¿No?, ¿entonces por qué no quiere volver a verte?

–¿Que no quiere volver a verme? –repitió Shane frunciendo el ceño–. ¡Si quería que pasara la noche con ella!

–Escucha –dijo Paige ruborizándose–, si has venido a contarme tus relaciones sexuales con Scarlet al detalle será mejor que...

–No he tenido relaciones sexuales con Scarlet –la interrumpió Shane añadiendo–: no es la elegida. He venido a decirte que la búsqueda no ha terminado.

–¿Qué quieres decir con eso de que no ha terminado? –exigió saber Paige levantándose y comenzando a caminar de un lado a otro. No había sentido la necesidad de hacerlo desde que abandonó Toledo, pero Shane, sólo con su presencia, había conseguido ponerla nerviosa–. ¡Sólo te has citado con ella una vez, no creo que pensaras hacerle proposiciones en vuestra primera cita!

–No pienso hacerle proposiciones nunca –afirmó él.

–¿Por qué no? –preguntó Paige bruscamente, dejando de caminar y volviéndose hacia él, sin darse cuenta de que Shane se había puesto de pie y estaba justo a su lado. De no haber alargado él los brazos, Paige habría tropezado y habría caído a sus pies–. Lo siento –se disculpó Paige con voz jadeante, una voz que no parecía la suya.

Tampoco su cuerpo parecía el suyo. Estaba vivo, lleno de sensualidad. Las manos de Paige descansaban sobre los hombros de Shane. ¿Para mantenerlo a distancia?, ¿para atraerlo hacia sí? Paige no hubiera sabido contestar. Estaba paralizada por una fuerte sensación de placer. No podía moverse, no podía hablar, no podía siquiera creer hasta qué punto deseaba que él la besara.

Cuando los labios de Shane descendieron sobre los suyos, Paige no pudo creer que aquello estuviera sucediendo. La sensación era increíble. Lo que comenzó siendo un suave roce de los labios terminó convirtiéndose en un intercambio sensual de pasión, durante el cual él trató de abrir su boca con la lengua.

Paige sucumbió a la tentación. ¡Y cómo! No sólo eso, saboreó cada erótica embestida de su lengua, cada apasionado mordisco, sin rechazar las caricias de sus manos, que se deslizaron por debajo de su chaqueta para asirla por el trasero.

El contacto de los dedos de Shane sobre su piel desnuda era cálido. Cada roce provocaba en ella una ola de placer. Aquellas manos vagaban a su antojo, mientras las bocas de ambos se exploraban mutuamente... la de él experta, diestra.

Un remolino de intenso placer embargó a Paige, anulando sus defensas y arrastrándola a un mundo de sensualidad en el que el tiempo y la prudencia quedaron temporalmente suspendidos.

Capítulo Cuatro

El reloj de mesa, junto al sofá, dio las campanadas despertando bruscamente a Paige de aquel instante de pasión. Se apartó de Shane, dio unos cuantos pasos atrás y lo miró. Estaba enfadada con él y consigo misma. Lo primero de todo era mantener el control de la situación, que se le había escapado de las manos. Y eso significaba empezar por él. Era él quien había comenzado a besarla, después de todo, aunque ella hubiera respondido con pasión. Por eso sería el primero en sufrir las consecuencias.

—Esto no formaba parte del trato.

Shane ladeó levemente la cabeza, bajó el mentón y desvió la vista hacia el suelo para volver a mirarla después medio sonriendo. Paige supo reconocer aquel gesto. Era su forma de decir «sí, me he metido en un buen lío, pero de todos modos te gusto».

—¿Qué trato? —inquirió él.

—El trato según el cual yo te ayudo a encontrar a la esposa perfecta —respondió ella seria—. Jamás acordamos que practicarías conmigo.

—¿Es que crees que estaba simplemente practicando? —volvió a preguntar él, como si se sintiera insultado.

—Lo que creo es que besándome no vas a conseguir tu herencia.

Tampoco la ayudaría a ella, reflexionó. Besar a un hombre que tenía intención de casarse con otra mujer era, sencillamente, buscarse problemas. Aunque aún no hubiera encontrado a esa mujer. En cualquier caso, no sería ella. No podía ser ella. ¿Cómo podía pretender que alguien como Shane se fijara en ella? Quentin, comparado con Shane, era un «don nadie», una sombra.

Y por otro lado estaba el beso. A su lado, los de Quentin eran una vergüenza. Quentin jamás la había besado de ese modo. Jamás la había tentado así. Paige nunca hubiera imaginado que un beso pudiera ser tan... tan embriagador como para olvidarse del resto del planeta.

Aunque quizá sólo ella lo había vivido así. Quizá Shane experimentaba aquella explosión de sensaciones cada vez que besaba a una mujer. Su semblante, en ese instante, era indescifrable. Shane había vuelto a colocarse su careta de policía, una careta que ella era incapaz de interpretar, por mucho que lo intentara.

–Entonces, ¿qué sugieres que hagamos? –dijo él, para su sorpresa.

–¿Yo? ¿Y por qué tengo yo que...? –Paige trató de guardar la calma y añadió–: Creo que deberíamos olvidar que ha ocurrido.

Shane la observó con ojos penetrantes y luego contestó:

–Si eso es lo que quieres...

Por un instante, durante unos segundos de rebeldía, Paige no deseó sino que él estuviera locamente enamorado de ella, que la tomara en brazos y volviera a besarla, que le dijera que era la única mujer sobre la tierra, que la dejara caer sobre la mullida alfombra e hicieran el amor allí mismo, una y otra vez, durante toda la noche. Pero lo mejor era olvidarlo. Sí, quería olvidar lo vulnerable que se sentía junto a él, lo vulnerable que era a sus besos. Sólo servían para recordarle su debilidad.

Quizá Shane aprendiera la lección si le contaba su pasado. Pero no, no iba a caer en esa trampa. Abrirle el corazón sólo serviría para hacerla aún más débil ante él. Era el momento de mantener las distancias, de poner cada cosa en su lugar.

Paige miró para abajo y observó entonces que llevaba puestas las zapatillas. Sí, no había nada como un par de zapatillas bien mullidas para volver loco a un hombre. Perfecto.

El problema era que siempre iba en zapatillas en un mundo lleno de mujeres con tacones. No era una mujer fatal, ni deseaba serlo. Francamente, mantenerse perfecta a cualquier hora del día resultaba una presión insoportable. Lo sabía bien. Lo había intentado y... le había salido mal.

No, una vez más tenía que recordar cuál era su papel con Shane. No era la princesa, la heroína. Era la bibliotecaria que localizaba la información.

–Entonces, si Scarlet no es una buena candidata, ¿qué otras alternativas tenemos?

–¿Recuerdas que hoy mismo te he hablado de los O'Malley? Anoche, en el baile, estaban sentados a mi lado en la mesa.

¿Anoche? Paige tenía la sensación de que había pasado un siglo. Habían ocurrido tantas cosas desde entonces... Aunque casi todas habían ocurrido únicamente en su cabeza. Por mucho que tratara de negarlo, al principio había sabido guardar las distancias pero después, en la sala de fiestas, tras bailar con él, tras sostenerla Shane en sus brazos y besarla, todo había cambiado.

Aquello era una locura, una locura provocada por el enorme encanto de Shane.

–Como ya te dije –continuó él–, estuve hablando con Patrick, y me mostró las fotos de sus nietos...

–¿Vas a citarte con su nieta? –lo interrumpió Paige, imaginándoselo con una esbelta adolescente.

–No, pero en una foto estaba con una sobrina. Se llama Kate, y es pelirroja.

–Todo eso suena muy extraño... eso de escoger a la chica por el color de su cabello y el tamaño de la cuenta bancaria de su familia...

–Deberías intentarlo.

–Bueno, me resultaría muy raro –contestó Paige sonriendo.

–Sí, lo sé. Trata de citarte con un montón de chicas sin dejar de repetirte que es por una buena causa.

–Claro, seguro que es muy duro eso de citarse con chicas guapas –lo compadeció Paige burlona–. Creo recordar que en la lista de condiciones no se hablaba de belleza. Supongo que te lo has sacado de tu propia lista. Vamos a ver: estás buscando a una chica guapa, pelirroja, con buena delantera, a la que le siente bien llevar tanga y a la que le guste el hockey.

–Y que le gusten los *Eagles*.

–¿Que le gusten las águilas, el símbolo nacional?

–No, no estoy hablando de las águilas ni de ningún equipo de fútbol, me refiero a *The Eagles*. ¿Conoces «*Hotel California*»?

–Bien, entonces estás buscando a una preciosa pelirroja a la que le siente bien llevar tanga, que adore el hockey y que le encante escuchar a los *Eagles*. Sí, ya veo que es fácil de encontrar esa cita.

–Citarse es lo de menos, es lo más fácil –replicó Shane–. Lo malo es casarse.

–Lo malo es convencerla de que se case contigo –lo corrigió ella.

Puede que besara como nadie, pero para muchas mujeres eso no bastaría. Sí, él era un hombre guapo, no un simple chico mono, pero muchas mujeres buscaban algo más que la apariencia. Claro que era atractivo, encantador, pero...

Bien, cierto. Probablemente la mayor parte de las mujeres harían cola para casarse con él, tuvo que admitir Paige en su fuero interno.

–Sí, eso de convencerla también me preocupa –admitió entonces él–. Sobre todo porque apenas queda tiempo.

–Estamos hablando de una persona, de un ser humano, no de un automóvil.

–Me doy perfecta cuenta de la seriedad del asunto.

–Bien, en ese caso de ahora en adelante la buscarás por tu cuenta –afirmó Paige sin darse cuenta de lo que estaba diciendo hasta que las palabras no salieron de su boca.

–¡Espera un segundo! –exclamó Shane atónito–. Yo no he dicho eso.

–No, lo he dicho yo –contestó Paige recuperando el control, sintiéndose mejor.

–¿Por qué?, ¿sólo porque te he besado?

–No, porque he decidido que no me siento muy cómoda con este asunto.

–¿Y crees que yo sí? –preguntó Shane pasándose una mano por los cabellos–. Créeme, yo tampoco me encuentro cómodo en esta situación. Simplemente estoy tratando de sacar algo positivo de todo este embrollo en el que me ha metido mi abuelo.

Perfecto, por fin Shane conseguía que se sintiera culpable. Paige sabía mucho sobre eso de tratar de sacar algo positivo de un embrollo familiar.

–¿Has tratado de hablar con tus padres sobre todo esto?

–No, se horrorizarían si conocieran mis planes.

–Entonces, quizá debas reconsiderarlo.

–¿Por qué? Mis padres siempre se han horrorizado de todos mis planes desde que tenía veintiún años. ¿Por qué iba a afectarme eso ahora? No, prefiero seguir adelante. Y si tú no me ayudas, lo haré por mi cuenta.

Shane parecía tan desolado que Paige acabó por ceder. Pero sólo un poco.

–Ya me contarás qué tal te ha ido con Kate.

–¿Y por qué ibas a querer que te lo contara? –preguntó él irritado.

–No tengo ni idea –replicó ella–. Puedes atribuirlo a mi curiosidad, deseo saber cómo acaba la historia.

–¿Lo deseas, eh? –repitió Shane sonriendo lentamente, haciendo que las rodillas de Paige flaquearan–. Lejos de mi intención no satisfacer tu... curiosidad.

–Perfecto –contestó Paige dándole golpecitos en el hombro y alcanzándole el abrigo–. Sonríele así a Kate y ya verás como estás casado en menos que canta un gallo.

–Así que estás decidida a casarme cuanto antes, ¿eh?

–No es tan precipitado, después de todo –aseguró ella volviendo a sentirse la Paige de siempre.

Quizá no fuera una chica imponente, pero tampoco era tonta. Negarse a ayudarlo sólo iba a servir para hacerla sentirse culpable. No, su mejor defensa contra los encantos de Shane era tratarlo como a un amigo y casarlo cuanto antes. Antes de cometer una estupidez... como enamorarse de él.

–Siento molestarla, estoy buscando un libro.

La usuaria de la biblioteca, una mujer de unos cuarenta años, miró a Paige expectante. El sol entraba por las ventanas de cuarterones dibujando cuadros en el suelo de mármol. La mujer estaba de pie, dentro de uno de esos cuadros, vacilando, medio disculpándose.

–No me molesta –se apresuró Paige a contestar.

Atender a los lectores era una de sus ocupaciones favoritas. Le encantaba unir al lector con el libro que buscaba. Pensar en esa unión tan especial le recordó a Shane. Tenía que olvidarlo y concentrarse en aquella mujer. La mayor parte de los clientes no entraban ni se dejaban caer sobre el sillón delante del mostrador, como había hecho él. Casi todos se quedaban de pie, como aquella mujer.

–Es una novela de misterio cuya acción se desarrolla en Chicago –añadió la mujer–, pero no recuerdo el autor.

–No importa –contestó Paige–. ¿Recuerda si el autor era hombre o mujer?

–No estoy segura.

–¿Y recuerda alguna otra cosa más acerca del libro?

–Creo que el detective es una mujer. Ah, espere, y sé que han hecho una película basada en la novela. Trabajaba Kathleen Turner. En la película, quiero decir. Yo en realidad no he leído el libro, pero no creo que salga Kathleen Turner. Sale sólo en la película.

–Creo que se trata de Sara Paretsky, de sus novelas sobre la detective V. I. Warshawski –afirmó Paige pulsando las teclas del ordenador para escribir el nombre de la autora y buscarla en la base de datos–. Lo que quiere es la novela en la que se basa la película, ¿verdad?

–¿Es que ha escrito más de una?

–Sí –asintió Paige–, hay unas cuantas con esa detective como protagonista.

–Entonces me gustaría comenzar por la primera y leer el resto por orden.

Paige comprobó los títulos en la pantalla del ordenador.

–En ese caso debe empezar por *Indemnity Only*. Según el ordenador disponemos de un ejemplar, que debe estar en la estantería. ¿Quiere que vaya a buscarlo, o prefiere ir usted? Las novelas de misterio están justo detrás de mí, ordenadas alfabéticamente por el nombre del autor. La sección de la P debe quedar a la derecha.

–Iré a buscarla yo misma. Muchas gracias por su ayuda.

–Estoy aquí para eso –contestó Paige.

Aquella mujer, igual que muchos otros lectores, parecían pedir disculpas por pedir ayuda. Shane, en cambio, no tenía ese problema. Para él era fácil entrar en la biblioteca y exigirle su ayuda para encontrar esposa.

Ahí estaba de nuevo, invadiendo sus pensamientos. Por lo general la biblioteca era como un refugio para Paige, el lugar más indicado para serenarse y aclarar sus ideas. La biblioteca había sido construida a principios del siglo veinte al estilo *Arts and Crafts*, diseñada por un discípulo de Frank Lloyd Wright. Hasta los muebles y las estanterías reflejaban ese estilo de líneas rectas y limpias, sin decoraciones ostentosas. La parte alta de las ventanas estaba adornada con sencillos diseños geométricos y cristales de colores en tonos ocre. Era un edificio con dos alas diferenciadas, espacioso y con luz abundante. La sección infantil estaba en la planta baja, mientras que la de adultos, tanto el departamento de ficción como el de no ficción, estaba subiendo las escaleras. A Paige le gustaba esa distribución, pero muchos clientes habían presentado quejas.

La señorita Schmidt salió del ascensor y se dirigió directamente hacia el mostrador en el que estaba Paige. Tenía más de sesenta años, además de reputación de escandalosa. Llevaba más de veinte años cultivándola.

—No entiendo por qué han puesto la sección de adultos en la planta de arriba —se quejó la señorita Schmidt—. Deberían haber puesto aquí la sección infantil, dejar que los jóvenes hagan ejercicio. No está bien, te lo digo yo.

Sí, la señorita Schmidt se lo decía todos los lunes, miércoles y viernes, cuando acudía a buscar una pila de novelas de misterio, que la apasionaban. Cuanto más sangrientas, mejor. Paige había decidido que jamás se enfrentaría a ella, aunque no sabía muy bien si se debía a su elección de la lectura, o al brillo airado de sus ojos.

Paige la miró compasiva, fingiendo no haber oído jamás antes ese comentario.

—¿Quiere usted hablar con el director de la biblioteca para exponerle sus quejas?

Sabía que pocas personas estaban dispuestas a hablar con el director, capaz de dormir al más insomne de los lectores con sus largos discursos y oscuras charlas sobre tópicos comunes. Y la señorita Schmidt no era una excepción.

–No, no quiero hablar con ese joven mequetrefe –contestó la señorita Schmidt mostrando su desaprobación del mundo en general, y marchándose.

Tras la tormenta vino el descanso. Paige se dedicó a trabajar en tareas administrativas, firmando las hojas de las horas trabajadas y diseñando tablas con los horarios de los empleados. Era la jefa del departamento de libros de ficción para adultos, y tenía a su cargo a dos empleados a jornada completa y a otros dos a media jornada. A veces compaginar los distintos horarios era peor aún que soportar a la señorita Schmidt. Al final, sin embargo, todo solía salir bien.

Normalmente Paige hacía la mayor parte del papeleo en su oficina, situada en la parte de atrás, junto al departamento de catalogación y servicios técnicos, pero aquel día quería resolver unos cuantos asuntos, de modo que se llevó los papeles al mostrador de atención al público.

Minutos más tarde volvió a interrumpirla otra lectora.

–Sólo quería darle las gracias por recomendarme el libro de Susan Elizabeth Phillips, me ha gustado mucho. Creo que esa autora es de aquí, de Chicago.

–Me alegro de que le gustara –contestó Paige comenzando a charlar unos minutos con ella y recomendándole una charla sobre novelas románticas que se celebraría el mes siguiente.

Una vez que la lectora se fue, hubo un aluvión de llamadas telefónicas para preguntar por una selección de libros antiguos y por la lista de espera para leer el último libro de Tom Clancy.

Era media tarde cuando apareció Irene Small para relevarla. Irene era una compañera que siempre decía lo que pensaba. Era menudita, y siempre iba perfectamente maquillada, luciendo cortes de pelo a la moda. Por lo general resultaba sorprendente oír sus comentarios:

–He oído decir que últimamente nuestro «poli», ese tan sexy, viene mucho por aquí. ¿Es que salís juntos?

–¿Tengo aspecto de resultarle interesante a un hombre como Shane Huntington? –replicó Paige con otra pregunta.

–No juzgues jamás un libro por las tapas.

–Juzgarlo no, pero desde luego se puede aprender mucho sobre un libro por la cubierta y las solapas. Y a mí no me sientan bien los tangas, ni por delante ni por detrás.

–¿Y para qué quieres que te sienten bien? –volvió a preguntar Irene.

–Porque es una de las condiciones de la lista personal de Shane Huntington para la mujer perfecta.

–Pues es evidente que él nunca se ha puesto uno, aunque probablemente le sienten bien. Lo digo porque te aseguro que cualquiera que se lo pruebe no deseará jamás que nadie lo lleve, excepto su peor enemigo. En realidad deberían demandar al que los inventó –declaró Irene resuelta–. Mi marido me regaló uno el Día de los Enamorados, y te aseguro que es un instrumento de tortura. Si quieres, estaré encantada de decírselo al Detective Huntington. Después de todo, quizá quieran utilizar tangas en el departamento de policía. Ya sabes, para hacer cantar a los sospechosos. Amenazar a los sospechosos con un tanga, te aseguro que funcionaría. Podría hacer cantar hasta al más duro.

–No sé, Irene, puede que incurran en un uso ilegal de la fuerza.

–Bien, pero recuerda mi oferta. Cuando quieras, se lo digo al Detective Shane –aseguró Irene tomando el puesto de Paige.

–No confiaría el encargo a ninguna otra persona, Irene –respondió Paige solemne.

Aquel no era un buen día para Shane. Y las bromas de su compañero Bill Kozlowski, más conocido como Koz, no contribuían a hacerlo mejor. Koz era el único del departamento, aparte de su jefe, que sabía que Shane provenía de la familia de los Huntington, «esa gente rica» de Winnetka. Sin embargo eso no significaba que no le gustara burlarse de él cuando estaban solos.

El Wentworth Police Department estaba en un edificio que había sido un colegio y que, en la actualidad, era también el Ayuntamiento. Los archivos se alineaban en las paredes ocupando todo el espacio disponible. El despacho de los detectives se reducía a dos mesas de metal, de color verde, pegadas la una a la otra, de frente.

Ambas mesas disponían de un ordenador, una lámpara y un teléfono negro, pero ahí acababa toda la similitud. La mesa de Koz estaba abarrotada de fotos de su mujer y sus hijos, una colección de juguetes que, según decía, lo ayudaban a concentrarse, y una pila de papeles que Koz juraba crecían cada vez que se daba la vuelta. La mesa de Shane, en cambio, tenía una bandeja de metal sobre la que se ordenaban las carpetas y, encima, una taza de los Chicago Blackhawks. Eso era todo.

Wentworth no era un vecindario rico como High Grove, el barrio al que estaba pegado. Era una comunidad de clase media, de población diversa. Diversa y, a veces, perversa, como lo demostraba Cubs Flasher, así llamado por llevar simplemente una gorra del equipo de béisbol de los *Cubs* y una gabardina, sin nada debajo. Su última «aparición» había sido aquella misma mañana, en la estación del metro, a la hora punta.

–Yo sigo pensando que a ese tipo le falta un tornillo, que se ha vuelto loco por culpa de los *Cubs*, que son el peor equipo de béisbol del mundo –afirmó Koz–. No han ganado un campeonato mundial desde 1908. Francamente, me sorprende que no haya más *fans* frustrados por ahí, haciendo lo mismo.

–Sólo nos faltaba eso –contestó Shane–, una docena de exhibicionistas. El jefe y el alcalde están dispuestos a acabar con él. Pero ya ves, hemos entrevistado a todos los testigos esta misma mañana, y ninguna de sus descripciones encaja.

–Excepto porque todos estaban de acuerdo en que era un hombre blanco. Eso es todo. No hay más detalles. El estudiante con el que hablamos decía que era bastante mayor, mientras que el contable aseguraba que era muy joven. La verdad, a mí la que me gustó fue la respuesta del profesor, que dijo que «francamente, le importaba un comino».

–Bueno, a mí también me importa un comino –aseguró Shane desesperado–. Por el momento ese tipo no se ha acercado ni a colegios ni a lugares donde haya niños, aunque sólo es cuestión de tiempo. Tenemos que encontrarlo antes de que lo haga.

–Lo encontraremos –convino Koz–. Pero hoy no. Se supone que nuestro turno de trabajo acababa hace dos horas, ¿lo sabías?

Shane miró el reloj de la pared y juró entre dientes.

–¡Maldita sea, voy a llegar tarde!

–¿Y quién es la afortunada esta noche? –preguntó Koz, que conocía los planes de Shane de buscar la esposa perfecta.

–No la conoces.

–Aún no comprendo por qué no quieres citarte con mi prima segunda, Mimi, la manicurista. Es pelirroja.

–Sí, pelirroja chillona, de bote. Y además tiene

una forma de mover el trasero incomparable –repuso Shane. Koz había intentado pescarlo para Mimi en más de una ocasión–. No sé por qué, pero creo que los abogados no darían su aprobación.

–Puede que ellos no, pero yo sí –aseguró Koz con una mirada lasciva.

–Entonces queda tú con ella –replicó Shane.

–No creo que lo aprobara mi esposa.

–Seguro que no. Me voy.

La candidata de aquella noche, Kate O'Malley, le había sugerido que se encontraran en un restaurante nuevo de la orilla norte que, según parecía, era el último grito. El interior estaba decorado a la última, en tonos azules y plateados, pero con aquella escasa luz iba a resultar difícil encontrarla. Entonces Shane oyó su voz. Al hablar con ella por teléfono había creído que se trataba de un problema de la línea, pero según parecía no era así.

Shane no se dio cuenta verdaderamente de lo estridente que era la voz de Kate hasta que no estuvo sentado frente a ella. Sonaba chirriante, como si estuviera rasgando una pizarra con las uñas. Inconfundible. Hasta el camarero hizo una mueca cuando ella le pidió la carta. Además, Kate no dejaba de hablar. No podía sencillamente decir lo que quería, no. Tenía que repetirlo una y otra vez.

–No sé si decidirme por el pescado cocinado al estilo hawaiano o por el avestruz al *grill* con guisantes negros, coles de bruselas y beicon con queso Brie –comentó.

Tras una larga discusión, que casi lo deja sordo, Kate se decidió por el avestruz. Después se zambulló en un monólogo sobre los vinos de la variedad alsaciana y los tintos italianos que servían en el restaurante en el que había cenado la noche anterior. Estuvo hablando durante veinte minutos.

Shane apoyó la mandíbula sobre la palma de una mano. Esa posición le permitía taparse el oído, pero no evitaba totalmente que siguiera escuchando la chirriante voz de Kate. Quizá fuera esa la razón por la que se decía que los avestruces enterraban la cabeza bajo tierra, para evitar oír a Kate hablar y hablar sobre platos y sobre lo buen *gourmet* que era, en comparación con él.

Shane cerró los ojos y se imaginó a sí mismo ante el altar, con un par de auriculares enormes en las orejas, tratando de evitar el sonido de la voz de Kate. Y lloró, pero nadie lo escuchó.

Paige acababa de sentarse en su sillón favorito para terminar la última novela de Amanda Quick cuando sonó el teléfono. Era viernes, y ya casi eran casi las diez, pero le había pedido a Esma que la llamara para contarle qué tal había salido su último trabajo de *catering*.

–Hola, Esma –contestó viéndose interrumpida de inmediato por una voz masculina.

–No soy Esma, soy yo, Shane. Sigo tus órdenes.

–¿Cómo dices?

–Me dijiste que te contara cómo había ido la cita con Kate, pero no puedo hacerlo por teléfono. Prefiero contártelo en persona. Estoy a diez minutos de tu casa. ¿Puedo subir?

Paige hubiera querido negarse, pero de sus labios salió un sí, sin saber por qué, antes de que pudiera darse cuenta.

–Gracias –contestó él agradecido–. Hasta ahora.

Si el mero sonido de la voz de Shane era capaz de hacerla decir sí cuando quería decir no, era porque necesitaba ayuda. Paige se apresuró al dormitorio.

Aquel era su santuario. La acogedora colcha de chenilla hacía juego con los suaves tonos melocotón de las almohadas estampadas, los cojines y las sábanas de su cama de reina, al estilo parisino. El cabecero de madera estaba enmarcado por cortinas de encaje a ambos lados. Sobre la mesilla de pino, de aspecto envejecido, una pila de libros para leer.

Paige se inclinó y levantó la colcha buscando las zapatillas. Se las puso y se miró al espejo de cuerpo entero. Entonces se echó a reír ante su ridículo reflejo, con aquellas zapatillas.

—Esto para recordarte que no eres Cenicienta. Como si a Cenicienta la hubieran pillado alguna vez con esta facha —añadió tirando de la cinturilla elástica de sus pantalones de algodón.

Los pantalones eran de color marrón, igual que el top, y le iban bien con el color del pelo, pero desde luego no podía decirse que fuera muy a la moda. Era la típica ropa de estar en casa.

Sin embargo Paige se negó a cambiarse. Cambiarse significaría aceptar que Shane tenía un poder sobre ella mayor del que estaba dispuesta a admitir. No, ella era la jefa de su vestuario. Y no iba a ponerse guapa para él.

No obstante, nada más decidirlo, Paige se apresuró a pintarse los labios con un suave tono rosa. No tenía intención de vestirse para él, pero aún tenía su orgullo, y tampoco quería que la viera hecha un desastre. Las zapatillas le servirían para mantener el sentido común y olvidarse de sus fantasías.

Shane entró en su apartamento, pero no pareció notar ni que llevara zapatillas ni que se hubiera pintado los labios.

—Bien, la buena noticia es... —anunció él—... que encontré a unas cuantas candidatas nuevas más, aparte de Kate. Salí con ellas a principios de esta semana. Salí a comer con Claudia Richards, pero descubrí que no para de fumar, enciende un cigarrillo con la colilla de otro, y además su perfume me marea. Anoche salí a tomar una copa con Sandra Benson, pero me confesó que estaba viviendo con un chico, aunque quizá estuviera interesada en cambiar de novio. Y luego está Kate, a la que acabo de ver.

¿Sabes ese ruido que hacen las uñas cuando arañas una pizarra? Bueno, pues si lo amplificas diez veces, tendrás el sonido de su voz. Y te aseguro que no para de hablar. Sólo habla de comida y de vinos alsacianos. Después de la semana que he pasado, podría escribir un libro acerca de las citas con el diablo.

–No lo creo, yo sí que podría escribir ese libro –replicó Paige–. ¿Por dónde empezar? Vamos a ver, ¿qué te parece la historia de Gil, que se trajo a su perro en nuestra primera cita? Y no sólo eso, encima insistió en que se sentara con nosotros a la mesa.

Shane sonrió, tal y como ella había pretendido. Saber que podía hacerlo sonreír la hacía sentirse poderosa, así que continuó:

–Y luego está Andy, que no dejó de hablar de su sinusitis en toda la noche. ¿Qué te parece Ron, que me describió al detalle la colonoscopia que había hecho ese mismo día, durante la cena?

–Olvidas que provengo de una familia de cirujanos –le recordó Shane–. Estoy acostumbrado a las discusiones médicas durante la cena.

–Y después de eso, ¿vas a echarte atrás sólo por el tono de voz de una chica? Me cuesta creerlo. Además, ¿qué tenía de malo tu primera cita, Scarlet? Al final no me lo contaste.

–Scarlet no dejaba de lanzar impertinencias.

–Pues yo no creo que el problema estribe en que Scarlet lance impertinencias, en que no te guste la voz de Kate, o en que el perfume de Claudia te maree. El problema no son ellas, eres tú.

–¿De qué estás hablando? –preguntó él frunciendo el ceño.

–Eres tú, que en realidad no quieres casarte. Jamás lo has querido. Encuentras faltas en todas las chicas con las que sales, pero lo único que pretendes es escapar del anzuelo. Es decir, que no quieres casarte.

–Claro, así Hope House no conseguirá el dinero

que necesita desesperadamente y que yo deseo donar. Muy bien –gruñó Shane–. Lo que dices tiene mucho sentido.

–Eres un hombre –replicó ella, molesta por su respuesta–. No es necesario que le encuentres ningún sentido, eso no es asunto tuyo.

–Bueno, pero ayudarme a encontrar esposa sí es asunto tuyo.

–Lo que de verdad es asunto mío es ayudar a la gente a encontrar libros. En mi contrato no pone nada de que tenga que ayudar al detective de policía más cabezota del mundo a encontrar esposa.

–Dijiste que me ayudarías –le recordó él.

–Y eso he hecho, pero es imposible ayudarte si tú no deseas que te ayuden.

–No me niego a que me ayudes –dijo Shane ofendido–. He salido con todas esas mujeres, ¿no?

–Pero a todas les has encontrado alguna pega.

Shane se pasó una mano impaciente por los cabellos y luego contestó, en tono gruñón:

–Es prácticamente imposible encontrar a una mujer que cumpla con todas las exigencias de esa lista de los abogados...

–Eso no es cierto –lo interrumpió ella–. Cualquiera de esas mujeres habría encajado. ¡Dios, si hasta yo encajaría! Lo malo es tu estúpida lista personal, ese es el problema.

–¿Qué es lo que has dicho? –preguntó Shane.

–Que el problema es tu estúpida lista personal...

–No, antes de eso. Has dicho que hasta tú encajarías –repitió Shane clavando en ella una mirada desafiante–. ¿Es eso cierto?

Capítulo Cinco

¡Oops! Había metido la pata. ¿Cómo había podido dejar que se le escapara una cosa así? Las zapatillas no parecían darle el resultado que esperaba.

–¿Es eso cierto? –repitió la pregunta Shane mirándola como diciendo «esto es muy serio».

Probablemente fuera la mirada que utilizara para interrogar a los sospechosos. Y, desde luego, con Paige también funcionó.

–Está bien –confesó al fin–, se puede decir que, más o menos, podría encajar. Pero eso no significa que...

–¿Más o menos? –la interrumpió él–. En este asunto no hay más o menos. ¿Tu familia es respetable y tiene buenos contactos? –preguntó con una voz que, definitivamente, sonaba a la de un policía.

–Pues... pues... –tartamudeó Paige.

–Contesta a mi pregunta. Tu familia es respetable y tiene buenos contactos, ¿si, o no?

–Sí.

–¿Y eres pelirroja natural, graduada y capaz de tener hijos?

–Así me pareció, la última vez que me miré al espejo –contestó ella enfadada a causa de su tono de voz y de sus preguntas–. Mi familia es rica, ¿de acuerdo? No te sorprendas tanto. ¿Qué te creías, que era un ratón de biblioteca con dos gatos y sin vida propia?

–¿Pero de dónde te has sacado eso? –preguntó Shane parpadeando perplejo.

–Ya conoces el estereotipo –musitó Paige sintiéndose como una tonta por revelarle sus más oscuras inseguridades.

En momentos como aquel, Paige se sentía como el patito feo en un colegio lleno de Ricitos de Oro, como la tonta a la que tomaban el pelo por tener el cabello rojo brillante o las narices siempre metidas en un libro. Ella era la chica que nunca encajaba. Y el abandono de Quentin no había servido sino para reforzar sus dudas.

–Ya sé que tú no encajas en ese estereotipo. Y en cuanto a lo de los gatos... –añadió Shane cambiando de tono–... tengo que confesarte algo. Yo también tengo uno. Es un macho naranja escuálido que encontré cerca de Hope House. Lo llevé al veterinario y lo lavé. Mi intención era encontrarle una casa, pero al final acabó viviendo conmigo. Se llama Puck.

–¿Le has puesto ese nombre por el personaje de Shakespeare de *El sueño de una noche de verano*?

–No, se lo he puesto por el disco redondo con el que se juega al hockey. Come tanto y se ha puesto tan gordo y redondo que parece un *puck*.

–Comprendo.

–Bueno, pues me alegro de que alguien por fin comprenda, porque, francamente, yo aún no comprendo por qué me has hecho pasar por toda esa ridícula búsqueda de la mujer perfecta cuando tú encajas en las condiciones de la lista –volvió Shane a insistir.

–Dijiste que buscabas una mujer perfecta –le recordó Paige–. Créeme, yo no soy perfecta.

–Si cumples los requisitos de los abogados, entonces eres perfecta a sus ojos.

–Cualquiera de las mujeres con las que has salido las cumplen, así que también ellas son perfectas a sus ojos.

–Sí, pero tú no me resultas tan fastidiosa como ellas –replicó Shane.

–¡Cuánta amabilidad! No fastidiar nunca a ningún hombre, ese ha sido siempre uno de los objetivos de mi vida.

–Ya sabes a qué me refiero –contestó él.

Por desgracia Paige lo sabía muy bien. Shane tenía razón. Ella no era de ese tipo de chicas que hacían que un hombre volviera la vista. Era del tipo de mujeres que pasan desapercibidas hasta que alguien las necesita. Y entonces sólo la necesitan para ayudarlos a encontrar a la esposa perfecta.

¡Dios, estaba realmente cansada de ser la señorita doña Zapatillas! El vestido dorado de Zara demostraba que podía ser tan brillante como cualquier otra. Sólo necesitaba un poco más de confianza en sí misma.

Por un momento, Paige sintió la tentación de ir a su dormitorio y ponerse el salto de cama negro de encaje que había comprado tras una larga discusión con Esma. Quizá de ese modo lograra llamar la atención de Shane. Quizá así lo obligara a fijarse en ella, ya que era de ese tipo de chicas que no molestaban. ¡Ha!

Paige trató de imaginarse a sí misma con el salto de cama negro, vestida toda de seda, saliendo del dormitorio, pero lo único que consiguió imaginar fue a Shane con la boca abierta. Y no atónito ante su aspecto, sino de vergüenza.

Bien, mejor olvidar la idea. No estaba dispuesta a quitarse las zapatillas esa noche.

–Aún estoy sorprendido de que no hayas mencionado nada sobre tu familia –continuaba repitiendo Shane–. ¿Durante cuánto tiempo pensabas guardar el secreto?

–Tanto como fuera posible –musitó Paige echando a caminar de un lado a otro y recordando de pronto que, la última vez que lo había hecho, había acabado besando a Shane.

Entonces se sentó y sacó las piernas por encima del brazo del sillón, dejándolas colgadas y permitiendo que las zapatillas se le escurrieran a medias de los pies. Shane la miraba frunciendo el ceño.

–¿Pero por qué?, ¿por qué quieres mantener tu pasado en secreto?

–Porque quería ser alguien por mí misma, sin la influencia del apellido de mi familia –respondió Paige desafiante–. Tú debes entenderlo, mejor que cualquier otra persona.

–Desde luego que lo entiendo, lo que no entiendo es que me hayas dejado dar bandazos de un lado a otro en un esfuerzo desesperado por encontrar a la mujer adecuada y cumplir felizmente las condiciones impuestas por los abogados cuando podías haber detenido toda esa búsqueda simplemente diciéndome la verdad.

–Puede que yo cumpla las condiciones de esa lista, pero desde luego estoy muy lejos de cumplir las de tu lista personal –señaló Paige levantándose, incapaz de permanecer sentada por más tiempo. Entonces se acercó a él y lo señaló con el dedo índice–. Tú quieres una mujer a la que le sienten bien los tangas y que adore a los Eagles. Pues bien, yo doné dinero para salvar a las águilas de Alaska, y en cuanto a lo de los tangas... bueno, jamás pienso ponerme uno. Tú quieres una mujer que comparta contigo la pasión por el hockey, y yo lo único que sé de hockey es que una panda de tipos con palos patinan por una pista y, de vez en cuando, se dan de golpes. Sí, claro, ya veo que soy justamente la mujer que estás buscando.

–Sólo es necesario que cumplas las condiciones de los abogados. ¿Crees que aprobarían a tu familia?

–El apellido Turner, de Toledo, es uno de los más importantes de Ohio desde que mi tatara–tatara–tatara–tatara–abuelo llegó allí a finales de 1700 –le informó Paige–. La cuestión, más bien, sería saber si mi familia aprobaría a la tuya.

–¡Me encanta! –contestó Shane entusiasmado–. Cásate conmigo.

–¡No, absolutamente no! –respondió Paige resuelta, como de paso.

–¿Por qué no?

–Porque no quiero.

–Bueno, yo tampoco quiero casarme, en realidad, pero eso no va a detenerme, ¿es que no lo ves?

–Escucha, mi ex novio fingía que yo le gustaba solo por mi familia...

–¿Estuviste comprometida? –la interrumpió él.

El tono de voz de Shane, que demostraba incredulidad, ofendió a Paige.

–Déjame decirte una vez más, que no hace falta que te muestres tan sorprendido por el hecho de que estuviera comprometida.

–No me sorprende que estuvieras comprometida. Otra vez lo mismo –dijo Shane impaciente–. Lo que me sorprende, sencillamente, es que no me lo contaras.

–No he tenido ocasión, jamás hemos hablado de ese tema.

–Bueno, pero ahora sí ha surgido el tema. Cuéntamelo todo.

–¿Y por qué iba a contártelo? –contraatacó Paige, poco dispuesta a confesar que su ex novio la había abandonado por ser aburrida.

–Porque quiero saberlo y porque soy tu amigo.

–Conque mi amigo, ¿eh? ¿Es eso lo que crees que eres? –musitó Paige entre dientes.

–Bueno, pues entonces cuéntamelo porque soy tu próximo novio.

Paige decidió contárselo. Lo haría como advertencia, para darle una lección y hacerle saber que no tenía intención de ceder ante sus planes.

–Quentin era como tú: encantador, bien parecido, y muy seguro de sí mismo. Lo conocí en un acto social, y fue para los dos como un flechazo. Yo entonces no me di cuenta, pero él buscaba una esposa que pudiera complacer a su familia. Eran banqueros en Pennsylvania. Yo encajaba en el papel, de modo que me pidió que me casara con él. Le dije que sí porque estaba enamorada y creía que él también lo estaba. Nuestras familias estaban encantadas. Hasta mi abuelo lo aprobaba, y no creas que le gusta cualquiera. Pero dos días antes del anuncio oficial del compromiso Quentin se fugó con Joan Harding, una despampanante escritora de novelas de misterio que yo había llevado a la biblioteca de Ohio, donde trabajaba, a dar una conferencia. Y a ella sí que le sentarían bien los tangas, Shane.

–No piensas contarme el final de la historia, ¿verdad, Paige? –observó Shane irónico–. Muy bien, tienes razón. Quizá estuviera utilizando mi lista personal de condiciones para evitar casarme.

–O quizá seas un completo estúpido que sólo juzga a las mujeres por su aspecto con un tanga.

–Bueno, siempre cabe la posibilidad –reconoció Shane de tan buen humor que Paige se vio forzada a sonreír.

–¿Cómo haces eso?

–¿Hacer qué? –preguntó él inocentemente.

–Conseguir que se me pase el enfado. Justo cuando voy a mandarte al cuerno, a decirte que no estoy dispuesta a seguir con tu absurdo plan, me arrastras y me embrollas otra vez.

–Es por mi irresistible encanto –contestó Shane con falsa humildad.

–Y por tu modestia.

–Sí, por eso también –confirmó Shane ladeando la cabeza y mirándola de nuevo con aquella expresión irresistible, como diciendo: «sí, pero a pesar de todo te gusto»–. Bien, entonces, ¿cuándo nos casamos?

–¿Te suena de algo la expresión «cuando el infierno se hiele»?

–Entonces, ¿en invierno? No podemos esperar tanto. Cumplo treinta años dentro de dos semanas, y

62

para entonces tengo que estar casado. Creo que deberíamos casarnos la semana que viene.

–Y yo lo que creo es que debería verte un médico.

–¡Oh, vamos! –la animó él tratando de engatusarla con sus irresistible encanto–, ¿qué puede tener de malo estar casada conmigo?

–¿Te sobran una hora o dos? –replicó ella, negándose a dejarse seducir.

–Claro –respondió él sentándose en el sofá, reclinando la espalda y poniéndose cómodo–. Tengo toda la noche. Cuenta.

–Simplemente no es una buena idea.

–¿El qué?, ¿contármelo?

–Casarme contigo.

Tampoco era buena idea hablar con él, en realidad. Shane siempre conseguía que olvidara sus buenas intenciones.

–En realidad tenemos más cosas en común que diferencias –continuó él–. Los dos tenemos gatos, los dos pertenecemos a familias que tienen grandes expectativas sobre nosotros, y ninguno de los dos las cumplimos. Los dos hemos escogido trabajar en algo que se aparta totalmente del camino marcado por nuestros padres. A menos que en tu familia sea una tradición ser bibliotecaria, ¿eh?

–No –sacudió Paige la cabeza–, mi familia tiene fábricas, y mi padre aumentó las ganancias invirtiendo en tecnología punta, en ordenadores.

–¿Entonces tu padre es un hombre de negocios?

–Mi padre es una persona difícil de clasificar, no es fácil de explicar –contestó Paige omitiendo decir que tampoco era una persona con la que resultara fácil convivir–. Sabe contar historias, las cuenta muy bien, y tiene un sentido del humor único. Fue quien me puso el nombre de Paige.

–¿Y tu madre? ¿cómo es?

–Mi madre murió cuando yo tenía nueve años. Era una persona tranquila, callada. Dejaba que mi padre fuera el centro de atención de las reuniones, y eso a él le encantaba. Cuando murió, mi abuela lo organizó todo para mandarme interna a un prestigioso colegio femenino de Nueva Inglaterra.

–Sí, claro, interna en un colegio –asintió Shane, haciéndose el entendido–. Una de las ridículas costumbres de los ricos, tener hijos y no molestarse en criarlos. ¿Para qué molestarse, cuando puedes contratar los servicios de alguien?

Paige no deseaba que Shane pensara mal de su familia, así que continuó:

–Yo me llevaba bien con mi familia, sólo me marché de Ohio a causa de Quentin. Quería comenzar de nuevo en un lugar en el que mis amigos no me compadecieran porque me había dejado mi novio.

–Yo no soy Quentin –aseguró Shane con calma–. Cuando hago una promesa, la cumplo. No voy a fugarme con otra mujer.

–¿Y cómo lo sabes?

–Porque me conozco.

–Pero no me conoces a mí –respondió Paige compungida–. Quentin decía que era aburrida, por eso se fugó con esa escritora.

–Se fugó porque era un idiota –la corrigió Shane alargando un brazo para atraerla hacia el sofá, junto a él–. Tú no eres aburrida en absoluto –añadió alzando su barbilla y rozando sus labios contra los de ella–. Ni sosa –continuó posándolos de lleno, saboreando y probando seductoramente–. Ninguna mujer que bese como tú puede ser aburrida.

Shane acarició su mejilla con los dedos mientras su boca descendía lentamente, una vez más, sobre la de ella. En esa ocasión el beso se convirtió rápidamente en una explosión de pasión. Shane investigó las profundidades de su boca con la lengua mostrándole un nivel nuevo de placer. Sus manos, mientras tanto, la sostenían y acariciaban, le hacían cosas pícaras y sensuales hasta obligarla a contener el aliento, a consumirse en el fuego.

–No tienes ni idea de cómo me haces sentirme –susurró él contra la piel de Paige, mientras sus labios descendían para besarla hasta llegar al borde del top–. Deja que te lo demuestre...

Paige ni siquiera supo si había contestado a su pregunta. No supo si contestó en voz alta o si fue su cuerpo el que, derritiéndose, contestó por ella. Sólo sabía que no quería que se detuviera. No quería pensar, sólo lo quería a él.

Shane había dicho que quería demostrarle cómo le hacía sentirse, y ella no deseaba otra cosa más que ver esa demostración. Lo deseaba intensa, desesperadamente.

Shane la hizo reclinarse en el sofá bajo él. Podía sentir los músculos de sus piernas flexionadas contra las de ella, su cuerpo encajando en el de él, produciéndole un placer eléctrico en las zonas más íntimas.

El deseo de Paige se vio entonces elevado a una dimensión desconocida, a una dimensión rica y sensual, de abandono, en la que las ropas no hacían sino estorbar y la piel desnuda no exigía sino ser acariciada, besada, saboreada. La estaba volviendo loca. Y, a juzgar por la respiración agitada y por la dureza y excitación del cuerpo de Shane, ella debía tener el mismo efecto sobre él.

Apenas alcanzaba a comprender que él pudiera sentirse atraído hacia ella, pero sí comprendía el lenguaje de su cuerpo. Lo sentía. Quentin jamás la había tratado así, jamás la había hecho sentirse así. Nunca había demostrado que la deseara más de lo que deseaba respirar. Shane, en cambio, sí lo hacía, hacía eso y mucho más. Y sin decir una sola palabra. Utilizando las manos, los labios, las caricias. Utilizándolo todo con tan increíble habilidad que Paige creía haber muerto y estar en el cielo.

Viva y excitada, Paige vagaba ebria por un mundo en el que el tiempo y la prudencia ya no tenían valor. Shane se había quitado la corbata, tenía la camisa abierta. Ella había perdido las zapatillas hacía tiempo y, de algún modo, su camisa había desaparecido. La piel desnuda del torso de Shane se fundía con la suya, las pecheras de su camisa, que aún llevaba puesta, colgaban por los lados sellando el contacto. ¿Era él el que se restregaba contra ella, o ella contra él? Se sentía muy bien. La seda del sujetador aumentaba el goce del contacto, intensificaba la fricción.

Paige agarró a Shane del cabello y levantó su cabeza para atraerlo de nuevo hacia sí, dándole la bienvenida a su lengua voraz con unos cuantos movimientos seductores. La fina tela de la ropa interior de Shane apenas lograban ocultar su excitación. Paige estaba descalza, su cuerpo suspiraba, gritaba por él...

–¡Mrrrooooow!

Era Simon, el gato, el que había gritado, de pie sobre el brazo del sofá, justo sobre el oído de Paige. Exigía su cena.

Shane se sobresaltó, estuvo a punto de caerse del sofá. Simon, que no mostraba arrepentimiento alguno por haberlos interrumpido, se subió encima de ambos para llamarles la atención. Y lo logró.

Paige se levantó del sofá, agarró su camisa y volvió a ponérsela. Shane se sentó, y Simón se arrellanó en su regazo.

–Quieto ahí, amigo –advirtió Shane al gato–. Lo has echado todo a perder.

–Lo siento –se disculpó Paige peinándose con una mano–. Debe tener hambre, quiere la cena.

–Sí, ya sé cómo se siente uno cuando tiene hambre –respondió Shane mirando fijamente sus labios de un modo que la hizo estremecerse–. Si de verdad lo sintieras, le darías la cena y volveríamos a donde estábamos.

–No creo que sea una buena idea.

Shane cerró los ojos. Luego gruñó:

–Sabía que dirías eso.

Paige agarró las zapatillas y se abrazó a ellas. Era un error, no debía haber sucedido nada de aquello. Shane tenía que encontrar a la mujer perfecta, otra mujer. Y no debía pedirle el matrimonio. Ni ella debía sentirse tentada de contestarle que sí.

–Te abrazas a esas zapatillas como si fueran ajos y yo fuera un vampiro –observó Shane con voz acariciadora, recordándole la forma en que la había rozado con los labios y con las manos.

–Bueno, nadie puede resultar sexy en zapatillas –contestó Paige como si se tratara de un mantra, de un hechizo para ahuyentarlo.

–Pues tú sí –respondió él poniéndose en pie–. Continuaremos con esto –añadió en voz baja, en tono de promesa–. No esta noche, quizá, pero continuaremos. Cuenta con ello.

Y de pronto se había marchado, dejándola allí de pie, abrazada a las zapatillas, con el gato rondándole por las piernas.

Capítulo Seis

–¿Que te pidió qué? –preguntó Esma en tono de exclamación, dejando de preparar los rollitos y levantando la vista atónita hacia Paige.

–Que me casara con él –contestó Paige, contenta de estar en casa de su amiga en lugar de en la suya.

El recuerdo de Shane seduciéndola en el sofá había impregnado todo su apartamento. Lo veía en todas partes, mirara a donde mirara. Lo veía incluso en lugares en los que él no había estado, como en su dormitorio. Había sido incapaz de olvidarlo. Paige esperaba que la cocina de Esma ahuyentara aquellas ideas obsesivas sobre Shane y lo que había estado a punto de ocurrir, pero también allí seguía hablando de él.

–Pensé que sólo ibas a ayudarlo a encontrar esposa –dijo Esma secándose las manos en un trapo de cocina–. ¿Desde cuándo eres su novia?

–Aún no le he dicho que sí –contestó Paige saboreando el canapé que Esma había estado preparando.

–Aún –repitió Esma–. Eso significa que lo estás pensando. ¡Oh, cuánto me gustaría ocuparme del *catering* de tu boda!

–Ya tienes bastantes bodas.

–Sí, pero la tuya es especial –contestó Esma cerrando los ojos ensoñadora. Paige reconoció aquella expresión. Esma la esbozaba cada vez que proyectaba algo especial–. Y Zara diseñaría tu vestido. ¡Me pongo nerviosa solo de pensarlo!

–¿Sí? Pues yo no.

–¿Y por qué no?

–Porque estamos hablando de un hombre que no me ama –por mucho que sí se excitara, pensó Paige–. Estamos hablando de una unión que no sería realmente un matrimonio.

–Entonces, ¿qué sería? –inquirió Esma frunciendo el ceño confusa.

–Un acuerdo, un trato.

–Eso es una tontería –contestó Esma volviendo a sus rollitos, sin dejar de mirar a Paige–. Así que serías prisionera de un matrimonio con un hombre por el que no sientes nada.

–Yo no he dicho eso –protestó Paige.

–Bien, entonces, ¿qué sientes por él?

Paige suspiró y tomó otro canapé.

–Esa respuesta vale un millón de dólares. Literalmente. Si Shane se casa con la mujer adecuada, conseguirá esa suma, que piensa donar a la Hope House. Es una casa de acogida que ayuda a niños pequeños y a sus familias a comenzar una nueva vida tras una relación abusiva con el padre.

–¿Y qué le impide quedarse con ese dinero cuando se case contigo?

–Su sentido de la moral –contestó Paige resuelta, sin vacilar–. Si quisiera el dinero para sí, habría vuelto con su familia para seguir sus pasos hace tiempo.

–Quizá quiera el dinero sin tener que soportar a su familia –señaló Esma haciendo de abogado del diablo.

–Él no es así –sacudió Paige la cabeza.

–Entonces cuéntame cómo es. O, mejor aún, preséntamelo. Así podré hacerme una idea por mí misma.

–No hace falta que te lo presente, no voy a casarme con él.

–Eso dices ahora, pero la expresión de tu rostro revela algo muy distinto cuando hablas de él.

–Sólo es hambre –afirmó Paige resuelta–. ¿Cuándo comemos?

–Eso no es hambre, a menos que sea hambre de él.

–¿Conoces alguna pelirroja de buena familia? –preguntó Paige–. Me comprometí a ayudarlo a buscar esposa, así fue como comenzó todo.

–¿Es que es fetichista, y por eso le gustan las pelirrojas?

–No, es una de las condiciones del testamento de su abuelo. Si quiere ese dinero, tendrá que encontrar a alguien que cumpla con todos los requisitos de una larga lista.

–¿Entonces hay una lista de condiciones? –preguntó Esma atónita.

–Sí, pero no se lo digas a nadie. No quiero que la gente vaya por ahí cotilleando sobre los asuntos de Shane.

–Ese hombre acaba de pedirte que te cases con él, no creo que sea cotillear que me lo cuentes.

–Sólo me lo ha pedido porque cumplo esas condiciones.

–Entonces, eso significa que le has hablado de tu familia –respondió Esma seria.

–Se me escapó –asintió Paige.

–¿Y él respondió pidiéndote que te casaras con él?

–Sí, dijo que yo no lo fastidiaba tanto como las otras pelirrojas con las que había salido. Tiene que casarse antes de cumplir los treinta, y su cumpleaños será muy pronto.

–¿Te propuso el matrimonio así, de sopetón, a sangre fría? ¿Es eso lo que quieres decir? ¡Dios, si te estás ruborizando! Vamos –añadió Esma sentándose en una banqueta junto a ella y dándole un codazo–, cuéntamelo todo.

–Bueno, digamos que trató de convencerme para que le respondiera que sí.

–Quieres decir que trató de seducirte. ¡Oh, Dios!

–exclamó Esma tomando una tarjeta del menú y aba-
nicándose–. ¿Y tuvo éxito?

–Es evidente que no, porque no le dije que sí.

–Me refería a si tuvo éxito seduciéndote.

–No del todo. Estábamos tumbados en el sofá
cuando Simon saltó sobre nosotros y rompió la magia.

–Así que te salvó el gato, ¿eh? Bueno, es un comienzo. ¿Y cómo respondió él?, ¿se enfadó con el
gato?

–Bueno, se lo tomó con deportividad. Él también
tiene un gato, se llama Puck.

–Así que a ese Shane tuyo le gusta Shakespeare,
¿no?

–No, lo que le gusta es el hockey. Le puso ese
nombre al gato por la pelota de hockey.

–Conque hockey, ¿eh? Será uno de esos deportis-
tas americanos a los que jamás he llegado a comprender. Yo prefiero el cricket. Debo confesar que
ese Shane me intriga. Tenemos que reunirnos los
tres para cenar, quiero conocerlo por mí misma.

–Si lo invito a cenar va a pensar que me estoy
ablandando.

–Pues por tu forma de hablar de él, yo diría que
es verdad –afirmó Esma convencida–. No importa,
no lo invites si no quieres. Prueba uno de estos rollitos.

–Así que tú eres el famoso Detective Shane Huntington.

Shane levantó la cabeza de la pantalla del ordenador y vio a una hermosa mujer de pie, delante de su
mesa. Tenía acento inglés, y no parecía muy bien dispuesta hacia él.

–¿Y tú eres?

–Esma Kinch, la mejor amiga de Paige.

–Ah, sí, la que tiene un negocio de *catering* –asintió Shane sonriendo–. Paige te ha mencionado alguna vez.

–Pues a ti ha hecho algo más que mencionarte –contestó Esma–. Por eso estoy aquí, para investigar. ¿Esa silla está limpia? –preguntó examinándola suspicaz.

–Más o menos. ¿Sabe Paige que estás aquí?

–No, y preferiría que no lo supiera.

–¿Qué puedo hacer por ti? –preguntó Shane comenzando a ponerse nervioso.

–Cuéntame por qué le has pedido que se case contigo –respondió Esma directa–. No te sorprendas, no esperarías que mantuviera una cosa así en secreto, ¿no? Bueno, aunque hubiera querido no habría podido. Mi tácticas de interrogación son infalibles.

–Lo tendré en cuenta, por si necesitamos algún detective –señaló Shane.

–No creo que me gustara trabajar en un sitio como este, gracias –contestó Esma, para luego sugerir–: Un poco de pintura no le vendría mal, ¿sabes? Naranja por aquí, amarillo por allá... la pintura hace maravillas, de veras.

–En realidad no hemos sido nosotros quienes lo hemos decorado.

–Claro –afirmó Esma volviendo la atención hacia él–. Tus padres van a hacer una fiesta en casa muy pronto, ¿verdad? Quisieron contratarme, pero no tenía tiempo.

–Créeme, te alegrarás de haber dicho que no. Mi madre te habría vuelto loca.

–Bueno, en realidad fue por eso por lo que rechacé la oferta –confesó Esma inclinándose hacia él para susurrar–: La vida era demasiado corta como para meterse en tantos problemas.

–Exacto, lo comprendo perfectamente.

–Hay otra cosa que, sin embargo, no parece que hayas comprendido tan bien. Se trata de tu forma de uratar a Paige –continuó Esma. Shane trató de mantener la calma mientras se preguntaba frenético si Paige le habría contado lo del sofá. ¿Se habría quejado por su forma de abordarla?–. ¿Te das cuenta de que has llevado a cenar a todas las candidatas excepto a Paige?

Shane respiró aliviado. Paige no debía haberse quejado por lo sucedido en el sofá. Sin embargo Esma tenía razón. De pronto se sintió culpable.

–La llevé al Windy City Ball –se disculpó.

–Pero haciendo el papel de prima –contestó Esma con un gesto despectivo de la mano–. Eso no cuenta.

–Tienes razón, debería invitarla a salir. Ahora mismo voy a hacerlo.

–Solo si de verdad crees que es una buena idea –añadió Esma con una mirada significativa, como diciendo «no te confundas».

Shane asintió en señal de aprobación. Había comprendido su mensaje.

–Paige tiene suerte de tener una amiga tan buena como tú.

Esma se levantó de la silla y asintió sin dejar de mirarlo. Luego sonrió satisfecha, como si considerara que Shane había pasado el examen.

–¿Sí? Yo también opino que podría haber corrido peor suerte en lo que a marido se refiere.

Shane no recordaba muy bien a cuántas chicas había invitado a salir en su vida, pero desde luego sí recordaba que jamás se había puesto tan nervioso. Ni siquiera cuando trató de besar a Melody Dumbowski, a los siete años. Jamás había sentido tal ataque de pánico e inseguridad.

Y no era porque dudara de Paige. Estaba seguro de que quería salir con ella. Sabía que se merecía esa cena y mucho más. Sabía que la quería como esposa, que la deseaba. Y también sabía que no quería cometer ningún error. Se jugaba demasiado. Los niños de Hope House dependían de él, y no podía defraudarlos.

Al principio le pareció que llevar a Paige a su restaurante italiano favorito era una idea brillante, pero una vez allí, no dejaba de pensar que hubiera debido llevarla a un lugar más elegante. Después de todo a las otras las había llevado a restaurantes caros, y Paige se lo merecía más que ellas.

Aquella noche Paige estaba estupenda, con un vestido sencillo pero elegante. Ella no era de las que llamaban la atención con estridencias, sino de las que susurraban. Lograba captar toda su atención con una simple sonrisa. A la luz de las velas, sus labios resultaban más suaves, más sensuales, dulces y vulnerables de lo normal.

En la biblioteca, cuando le pidió que lo ayudara a buscar esposa, Shane había descrito el color de sus cabellos como «pelirrojo, más o menos». Aquella noches su melena parecía de fuego, pero Shane no alcanzaba a comprender si era producto de su imaginación o de la luz. El tono rojizo no resultaba ni estridente ni chillón, simplemente parecía de seda. Los rizos le rozaban la cara. Paige llevaba ese tipo de melena que se balancea a los lados cuando uno mueve la cabeza. Y no paraba de mover la cabeza cuando hablaba con él. Lo estaba volviendo loco.

–Creo que deberías dejar de buscar a la esposa perfecta –dijo ella seria, en voz baja, incitándolo a desear besarla sin darse cuenta.

–Ya la he encontrado –contestó él–. Estoy sentado frente a ella, y no dejo de preguntarme cómo he tardado tanto en darme cuenta.

–Sigues sin verme realmente como soy –alegó ella desesperada–. Sólo ves lo que quieres ver.

–De ningún modo. Si viera solo lo que quiero ver, ahora mismo te estaría viendo con el sujetador negro de encaje que llevabas la otra noche. En zapatillas. Me encantan las mujeres en zapatillas.

–Dímelo a mí.

–¿Quieres decir que no las llevabas a propósito para seducirme? –preguntó él como si supiera exactamente lo que ella había estado pensando cuando se calzó las zapatillas deliberadamente para recibirlo.

–Creo que me acogeré a la quinta enmienda –contestó ella negándose a responder–. No pienso decir nada que pueda perjudicarme –añadió levantando la carta–. ¿Qué hay bueno aquí?

–Tú.

Paige volvió a bajar el menú para observarlo. Ninguna otra mujer lo miraba de aquel modo, como diciendo «debes estar de guasa». Aquella forma de mirarlo lo excitaba, por más que supiera que no era esa la intención de Paige. Al contrario, sólo trataba de ponerlo en su sitio. El problema era que su sitio era al lado de ella, preferentemente desnudos, rodando entre sábanas sedosas. Solo faltaba convencerla.

Paige trató de leer la mente de Shane, convencida de que estaba reaccionando de un modo exagerado a sus flirteos. Shane era el típico hombre que ligaba con cualquier mujer, un hombre que sabía disfrutar de las mujeres. Un hombre que la había besado la noche anterior hasta dejarla sin sentido. Un hombre que se había estremecido de deseo en sus brazos.

Paige se abanicó con la carta. No era razón suficiente para celebrar una boda. Más bien era una buena razón para huir. Cuanto antes. Porque significaba que Shane podía herirla como jamás nadie la había herido. Ni siquiera Quentin.

–¿Quieres que pida por ti? –sugirió Shane.

Paige se ruborizó y asintió. El plato estaba delicioso, aunque no supiera muy bien qué era. Se trataba de una pasta con una salsa cremosa, de gambas. Aparte de eso, fue incapaz de discernir el resto de ingredientes. Estaba demasiado ocupada observando comer a Shane. Lo hacía de una forma increíblemente sensual. ¿Lo haría a propósito? ¿Trataba de volverla loca?

Pues bien, ella también podía jugar a eso. Paige pinchó una gamba con el tenedor y lo levantó hasta la boca para mordisquearla. ¿Era un gemido lo que había sonado?, ¿sería posible que Shane hubiera gemido?

–¿Has dicho algo? –preguntó Paige haciendo una pausa para continuar mordisqueando.

–No –respondió él con voz ronca, con los ojos fijos en sus labios.

Paige sonrió, sorprendida ante la sensación de poder que experimentaba. Ligarse a un hombre de la experiencia de Shane resultaba realmente gratificante, contribuía a darle confianza en sí misma.

Tras el postre, un delicioso *tiramisu*, salieron del restaurante. Shane le abrió la puerta del coche. Era un vehículo negro, rápido y bien cuidado. Paige no era aficionada a los coches, como tampoco lo era al hockey o a la música de los *Eagles*. Nada más pensarlo, la confianza en sí misma ganada a base de esfuerzo en el restaurante se evaporó. Por eso no le preguntó a dónde iban hasta llegar a un aparcamiento. Paige miró el lugar desértico sorprendida.

–¡Pero si es el aparcamiento de la pista de hielo!

–Sí, así es –contestó él saliendo y dando la vuelta para abrirle la puerta.

Shane tenía fama de bromista con sus compañeros de departamento. Paige esperaba que no estuviera a punto de gastarle una a ella.

–No iremos a jugar al hockey, ¿verdad?

–Claro que no –contestó él abriendo el maletero del coche y sacando un par de patines.

–Entonces, ¿qué hacemos aquí? La pista está cerrada –añadió ella siguiéndolo hasta la entrada.

Era imposible no seguirlo: Shane la agarraba de la mano y entrelazaba los dedos a los de ella.

–No está abierta, pero conozco al director y siempre me deja entrar a practicar un poco.

Hubiera debido imaginarlo. Shane patinando. Seguro que todos sus movimientos resultaban sexys. Paige volvió a ruborizarse. Quizá la pista de hielo consiguiera enfriarla.

–¿Sabes patinar? –preguntó Shane escoltándola hasta la puerta en la que un hombre sonriente les cedió el paso.

–Un poco –contestó ella cauta–. ¿Por eso me dijiste que me pusiera ropa cómoda esta noche?, ¿para venir a patinar?

–Sí, pensé que podríamos divertirnos.

–¿Patinando? –preguntó ella escéptica.

–Sí, patinando –frunció él el ceño–. Tranquila, no voy a seducirte en medio de la pista.

¿Y por qué no?, hubiera deseado preguntar Paige. ¿Porque no era como Joan Harding, una sexy ladrona de novios? No es que quisiera robarle el novio a nadie, Paige era una mujer de ética. Sin embargo, para una mujer etiquetada de aburrida, tenía cierto atractivo que alguien pensara que era sexy. Después de todo, era lo contrario del estereotipo de bibliotecaria. Bien, se dijo, pues aquella noche tenía unos cuantos ases guardados en la manga.

–¿Quieres que te ayude a ponerte los patines? –se ofreció Shane tras conseguirle un par de su número.

–Claro –contestó Paige sentándose y alargando una pierna mientras Shane se arrodillaba ante ella para ayudarla.

Aquello le recordó al cuento de la Cenicienta. En parte esperaba que él dijera algo así como: «Ah, el zapato encaja. El patín, en este caso. Eres la mujer con la que deseo casarme». Sin embargo Shane no parecía estar pensando en lo mismo, porque guardó silencio.

–¿Es esta otra condición más de tu lista?, ¿la esposa perfecta debe saber patinar?

–Te dije que olvidaras esa lista –contestó Shane mirándola con una expresión de reproche.

–Bueno, supongo que basta con los tangas y los *Eagles*, ¿no?

–Olvídate de esa estúpida lista. ¿Puedes mantenerte en pie?

–Lo intentaré –respondió Paige mordiéndose el labio inferior y poniéndose en pie con cautela.

–Agárrate a mí –dijo Shane colocando un brazo sobre su cintura para guiarla por la pista–. Bien, lo único que tienes que hacer es mantener el equilibrio, acostumbrarte a ir por el hielo. Iremos despacio –Shane se volvió para ponerse frente a ella, patinando hacia atrás y agarrándola de las dos manos–. Bien, lo estás haciendo bien.

Habían dado media vuelta a la pista cuando ella sugirió:

–Deja que lo intente sola.

–¿Estás segura? –preguntó él vacilante.

–Sí. Ahora recuerdo...

El resto de sus palabras se perdieron. Paige comenzó a hacer una pirueta perfecta ante él y después se alejó patinando con una gracia de movimientos que habría llenado de orgullo a cualquier patinador.

–Eh, tú ya sabías patinar, ¿no? ¿O me equivoco?

–¿Cómo? ¿Que si había engañado antes a un policía?, ¿quién, yo? –preguntó Paige acercándose y parpadeando, antes de volver a marcharse–. Jamás se me habría ocurrido hacer algo así.

–Hay muchas cosas de ti que aún no sé, ¿no es eso?

–Exacto –señaló ella satisfecha.

–Eso no significa que no me guste lo que sé de ti –observó él tomándola en sus brazos antes de que ella pudiera alejarse–. Me gusta esto –murmuró Shane contra su boca obligándola a patinar hacia atrás para apoyarla contra la pared y mantenerla prisionera de su cuerpo.

La pista irradiaba mucho frío, pero el cuerpo de Shane, contra el suyo, irradiaba calor. Y su beso...

bueno, era como una llama que la consumiera. Shane consiguió abrirle los labios con su voracidad y su pasión. Su lengua buscaba la de ella. Una vez más las buenas intenciones de Paige se desvanecieron como el humo. Una vez más Paige respondió a cada uno de sus avances, añadiendo movimientos eróticos por su cuenta y riesgo. Y una vez más... alguien los interrumpió.

En esa ocasión fue el sonido de las risas infantiles lo que la devolvió a la tierra. Paige se apartó de Shane y se dio cuenta de que estaban rodeados.

–Creía que habías dicho que la pista estaba cerrada –dijo con cierta culpabilidad por haber ofrecido aquel espectáculo a unos niños tan pequeños.

–Está cerrado al público, pero no para estos amigos míos tan especiales –contestó Shane.

–¡Soy especial! –gritó una niña pequeña de cabellos negros.

Paige reconoció entonces a Brittany, la niña cuya foto llevaba Shane en la cartera.

–Claro que lo eres –confirmó Shane tomándola de la mano y patinando con ella.

–¡Me pido la próxima! –exclamó otra niña, al lado de otra que parecía más tímida.

–¿Queréis que os ayude? –les preguntó Paige a ambas.

Las dos asintieron con timidez e, inmediatamente, Paige se vio rodeada de niños que querían aprender a patinar como ella. Paige prestó una atención especial a Leah. Era la más tímida, y ella comprendía cómo debía sentirse.

Shane formó una cadena para bailar la conga. Todos se agarraron a la cintura del que tenían delante. Entonces Paige pudo observar a Shane relacionándose con los niños. Era muy espontáneo con ellos. Incluso con Leah. Alguien, a su lado, resumió en pocas palabras lo que Paige estaba pensando:

–Es fantástico con los críos, ¿verdad? Siento mucho que os hayan interrumpido. A propósito, me llamo Sheila. Sheila Romerez. Soy la directora de Hope House.

Sheila llevaba vaqueros y una camiseta en la que ponía «Arriba la Esperanza». Era el tipo de persona que emanaba bondad, una madre espontánea. Tenía los cabellos negros, canosos, recogidos en una coleta a la espalda.

–Mi marido es ese que baila la conga en el último puesto. Me ayuda a dirigir Hope House. Bueno, Shane también nos ayuda. Él se ocupó de arreglarlo todo para que los niños pudieran venir aquí una vez a la semana, cuando está cerrado al público. Algunos chicos se ponen muy nerviosos con los extraños.

–Comprendo. Yo soy Paige Turner –contestó ella estrechándole la mano.

–Me lo figuraba. Shane nos ha hablado mucho de ti.

–¿En serio?

–Claro. Te llama la diosa de los libros. Dice que lo sabes todo sobre los libros.

Quizá lo supiera todo sobre los libros, pero, desde luego, aún tenía mucho que aprender sobre los hombres. Conocía el proyecto de Shane de ayudar a Hope House con la herencia de su abuelo, pero aún no se había hecho del todo a la idea. Su atractivo la había distraído. No había sido capaz de concentrarse en él como persona, de ver el alma que subyacía bajo aquella fachada perfecta.

–Sí, la verdad es que lleva meses hablando de ti –continuó diciendo Sheila.

–Querrás decir semanas, ¿no?

–No, meses –afirmó Sheila–. Me imaginaba que era cuestión de tiempo que acabarais saliendo juntos, aunque la verdad es que siempre he tenido debilidad por los finales felices.

–¿A pesar de todo lo que has tenido que ver en tu trabajo?

–Justamente por eso. A veces nos apartamos de la felicidad, tomamos un camino equivocado, pero con un poco de ayuda siempre podemos volver al camino correcto.

Paige observó a Shane, que sonreía, y preguntó, vacilante:

–¿Y qué ocurre si tenemos miedo o nos asusta equivocarnos?

–Entonces no hay más remedio que analizar qué es exactamente lo que nos asusta y preguntarnos si no sería peor no hacer nada. Todos cometemos errores, todos fallamos. Pero cuando nos arriesgamos, al menos sabemos que estamos haciendo algo, que lo hemos intentado.

Arriesgarse. Casarse con Shane sería sin lugar a dudas arriesgarse. Sin embargo, al verlo con los niños todas sus dudas se desvanecieron. En lugar de miedo, Paige tuvo la certeza de que, saliera como saliera, al menos iba a arriesgarse.

Paige esperó a que los niños se marcharan a tomar un refresco para pillar a solas a Shane. Entonces patinó hacia él y dijo:

–Sí.

–¿Sí, qué? –preguntó él parpadeando.

–Sí, me casaré contigo.

Y selló su arriesgado paso con un beso igualmente arriesgado.

Capítulo Siete

–¿Sí? –repitió Shane como si no la hubiera oído.

–Sí, me casaré contigo. ¿No era eso lo que querías? –preguntó Paige con cierta inseguridad.

–Por supuesto –se apresuró él a confirmar–. Es sólo que... pensé que necesitarías más.

¿Necesitar más?, ¿más qué? ¿Más amor, oírle decir que sentía por ella algo más que el mero hecho de que no lo fastidiara, como las otras?, ¿oírle decir que la deseaba, que la amaba?

–¿Más qué? –preguntó sin aliento.

–Más tiempo.

Paige trató de no sentirse desilusionada. Quizá Shane la encontrara moderadamente atractiva, pero eso era todo. Y ella, que siempre había tenido un gran sentido práctico, lo sabía. Además, aquel matrimonio no era realmente asunto de ellos dos. El problema eran los niños. Nada más verlos, nada más ver a Shane con ellos, había estado perdida.

–Pero tú dijiste que apenas quedaba tiempo –le recordó ella.

–Y así es. Me alegro mucho de que hayas dicho que sí. ¡Es fantástico! –exclamó Shane tomándola en sus brazos y estrechándola–. ¡Eh, chicos! ¡Me caso, estáis todos invitados! –gritó.

Todos los niños los rodearon gritando. Paige se prometió a sí misma ser feliz con lo que tenía y no esperar nada más. Se casaba con Shane para ayudar a esos niños. Las razones eran las mismas por las que había asistido al Windy City Ball.

La causa no podía ser más noble. Y el hecho de

que Paige encontrara a Shane increíblemente sexy no tenía ninguna importancia. No se trataba de sexo, no importaba la forma en que Shane la hacía sentirse cuando la besaba.

Y bien, ¿a quién pretendía engañar? A sí misma. Y su intención era seguir engañándose.

—Voy a conocer a sus padres —le contó Paige a Esma, haciéndola entrar en su apartamento.

Nada más llamarla Shane por teléfono para anunciarle que sus padres requerían su presencia en el cumpleaños de su madre, que se celebraría al día siguiente, Paige había telefoneado a su amiga. Apenas llevaba veinticuatro horas comprometida con Shane, y ya la estaba volviendo loca.

—Necesito un vestido.

—¿Qué se celebra?

—¿Quieres decir, aparte del hecho de que he accedido a casarme con él?

—Sí, aparte de eso... ¿que has hecho qué?

—Le he dicho que me casaría con él.

—¡Oh, cuánto me alegro por ti! —exclamó Esma con el rostro iluminado, abrazándola—. Sabía que sería un buen marido cuando...

—¿Cuando qué? —la interrumpió Paige suspicaz.

—Cuando fui a verlo. No pensaba contártelo, pero...

—¿Fuiste a verlo? —repitió Paige dejándose caer en su sillón favorito, sospechando que sería mejor escucharlo sentada—. ¿Y cuándo fue eso?

—Después de que él te pidiera que os casarais —se apresuró Esma a explicar en su defensa—. Bueno, tenía que investigar, ¿comprendes? No podía dejar que te casaras con él sin averiguar primero quién era, ¿no te parece?

—¿Y qué opinas?

—Que es encantador —contestó Esma con una amplia sonrisa.

–Encantador, ¿eh? –sonrió Paige.

–Y muy sexy, ¿no crees? ¡Vaya suerte!

–La suerte no tiene nada que ver con esto –replicó Paige, que no cabía en sí de los nervios, y se sentía incómoda hablando de ello–. Ya te dije que necesita casarse para conseguir la herencia.

–Sí, y que piensa donarla a... ¿cómo se llama?

–Hope House. Anoche conocí en la pista de hielo a unos cuantos de los niños de los que viven allí.

–¿Shane te llevó a patinar?, ¿esa es su idea de una cita romántica? –preguntó Esma desilusionada.

–Bueno, fue algo muy especial –sonrió Paige ensoñadora, recordando los besos.

–Muy especial, ¿eh? –bromeó Esma–. Bien, me alegro de oírlo. Y ahora cuéntamelo todo –ordenó frotándose las manos–. ¿Habéis decidido la fecha?

–La semana que viene.

–¡La semana que viene! ¡Dios! Será mejor que llamemos a Zara de inmediato para que te haga el vestido. Hmm... –Esma la miró especulativa–... supongo que podría utilizar el mismo diseño del vestido dorado, hacerlo en satén blanco. Voy a llamarla ahora mismo. Por supuesto, yo me ocuparé del *catering*. ¿Dónde vais a celebrarlo?

–No tengo ni idea. ¡Ha sido todo tan rápido! Quiero que seas mi dama de honor –pidió Paige agarrándola del brazo como si fuera su salvavidas–. ¡No puedes ocuparte del *catering* y ser mi dama de honor!

–Desde luego que puedo, no te preocupes. Yo me encargaré de todo. El High Grove Country Club tiene unas vistas magníficas al lago, igual que la propiedad de los Huntington. ¿Os vais a casar allí?

–Creo que preferiría un terreno más neutral.

–Entonces en el club –decidió Esma sacando del bolso el teléfono móvil para llamar a Zara y al club. Cinco minutos más tarde todo estaba resuelto–. Zara tiene un vestido perfecto para el cumpleaños de la señora Huntington. Es de color púrpura. Además, me debían unos cuantos favores, así que he conseguido reservar el club para el sábado por la noche. ¿Cuántos invitados habrá?

—Pues... no lo sé... todo está sucediendo tan deprisa...

—Ven, pon la cabeza sobre las rodillas —ordenó Esma colocando una mano reconfortante sobre su espalda—. Creo que respiras demasiado deprisa, estás hiperventilada. A mí también me pasa, cuando tengo un encargo importante. Respira despacio. Exhala, inhala, exhala, inhala...

Paige siguió su consejo y enseguida se le pasó el mareo. Se sentó lentamente y preguntó:

—¿Crees que estoy loca?

—Creo que lo estarías si dejaras que se te escapara de las manos una oportunidad así.

—¿Una oportunidad para qué?, ¿para hacer el ridículo? —contraatacó Paige nerviosa.

—¿Por qué dices eso? —preguntó Esma en tono de reproche.

—Porque no es un matrimonio de verdad. Quiero decir que Shane sólo se casa conmigo para cobrar la herencia. Dentro de un año, o estamos divorciados, o el matrimonio se ha anulado.

—¿Es que te ha dicho Shane que no será un matrimonio de verdad?

—Bueno, cuando me pidió ayuda para buscar esposa me dijo que sólo necesitaba estar casado durante un año.

—¿Y durante ese año él y tú no vais a...?

—No lo sé —contestó Paige ruborizada.

—No puedo creer que te haya dicho que no piensa acostarse contigo.

—Es que no lo ha dicho —admitió Paige.

—Entonces eres tú quien pone esas palabras en su boca. ¿Tan repugnante te resulta acostarte con él?

—No, en absoluto —confesó Paige ruborizándose

aún más–. Me resulta... excitante –añadió con una sonrisa–. Picante, excitante y seductor.

–Entonces, ¿cuál es el problema? –preguntó Esma.

–Que no me sientan bien los tangas.

–¿Cómo dices? –volvió a preguntar Esma parpadeando atónita.

–A Shane le gustan las mujeres con tanga.

–A mí me sientan bien los tangas –declaró Esma sin la menor vacilación–, pero Shane no me ha pedido que me case con él.

–Porque tú no encajas en las condiciones impuestas por los abogados. Si encajaras, probablemente se casaría contigo.

–Lo dudo. Acuérdate de todas esas mujeres con las que ha salido. Ya ves, no ha querido casarse con ninguna. En cambio te lo ha pedido a ti –dijo Esma.

–Porque yo no lo fastidio. Me lo dijo.

–Bueno –añadió Esma con una sonrisa cómplice–, eso se arregla con un buen vestido. El de color púrpura, de Zara. Será mejor que lo fastidies... y bien.

La idea de conocer a los padres de Shane ponía a Paige tan nerviosa como a Schuster ir al veterinario. Sin duda la comparación no le habría gustado a Shane, aunque lo cierto era que él mismo había confesado que era como ir al dentista.

¿Qué ocurriría si no le gustaba a sus padres? Paige le había hecho esa pregunta una docena de veces. No obstante volvió a hacérsela por teléfono una vez más.

–A mis padres en realidad no les gusta nadie, ni siquiera yo –contestó Shane con su acostumbrado sarcasmo–. Y ambos sabemos que soy adorable.

–En ese caso, cuéntame otra vez por qué tenemos que ir a verlos.

–Porque es el cumpleaños de mi madre. Cumple

cincuenta años, y prefiero ir antes que soportar la ira que descargaría sobre mí si no lo hiciera.

–Creía que eras la oveja negra de la familia, que jamás obedecías –le recordó Paige.

–Bueno, pero con mi hermano me llevo bien.

–¿Tienes un hermano? ¡Ni siquiera lo sabía! –exclamó Paige sintiendo un desmayo–. No me lo habías dicho, y creo que tengo derecho a saberlo, ¿no? Vamos a ver, ¿no es un poco raro que te cases con una chica que ni siquiera sabe que tienes un hermano?, ¿o es que tus padres ya saben por qué te casas conmigo?

Paige estaba de nuevo hiperventilando. Recordó el consejo de Esma y se inclinó hacia adelante, tocando las rodillas con la frente.

–Aunque supieran por qué me caso contigo, son demasiado educados como para mencionarlo –aseguró Shane–. Es la ventaja de tener una familia así. Hay cosas que, sencillamente, no se hacen.

–Sí, y seguro que casarse con una mujer para conseguir una herencia es una de ellas –musitó Paige.

–Deja de preocuparte. Iré a buscarte dentro de una hora. ¿Estarás lista?

–Sí, estaré lista –contestó Paige colgando el teléfono–. Lo que no sé es si lo estarás tú –añadió en voz alta para sí, sentándose en la cama y contemplando el vestido de color púrpura, colgado en el armario.

Se lo había probado unas cuantas veces, y en todas las ocasiones había quedado asombrada de la magia que Zara había sabido crear. Era de seda, pero el verdadero secreto estaba en cómo le sentaba. Envolvía su cuerpo a la perfección. Paige jamás se había vestido de ese color; temía que desentonara con su cabello, pero en lugar de ello lo complementaba increíblemente.

Se había rizado el pelo. Los rizos le conferían una imagen totalmente distinta de la habitual, igual que la sombra de ojos, que le daban un brillo violeta a sus ojos. Al mirarse al espejo, hasta ella quedaba asombrada. ¿Quedaría asombrado Shane también?

Paige estuvo lista a la hora, y Shane llegó en punto. Todo salía según el plan. Excepto por el hecho de que no había forma de prever cuál sería su reacción. Paige abrió la puerta, se quedó de pie y esperó. Y siguió esperando. Shane no dijo una palabra.

—¡Di algo! —exclamó ella al fin.

—Me he quedado sin habla. Me has dejado sin aliento. Escucha —contestó Shane alcanzando su mano para posarla sobre el pecho. Paige pudo sentir el corazón de Shane latiendo fuertemente bajo la camisa—. ¿Lo sientes? Es mi corazón, a punto de detenerse. Solo con verte.

—Pues eso puede ser malo...

—Puede, pero no en este caso. No es malo en absoluto, es increíblemente excitante.

¿Increíblemente excitante?, ¿ella?

—Entonces, ¿te parece bien el vestido? —preguntó Paige—. No estaba segura de si ponérmelo...

Shane la hizo callar posando el dedo índice sobre sus labios.

—Serás la mujer más guapa de la fiesta.

—Me cuesta creerlo —confesó Paige escéptica.

—¿Y por qué?, ¿por el numerito de Quentin?

—Porque la pura verdad es que no soy guapa, aunque lo parezca con este vestido.

—Eh, si yo digo que eres guapa es que eres guapa. Yo tengo más experiencia que tú.

—Sí, tienes más experiencia que yo en todo —musitó Paige.

—Pues estoy deseando enseñarte —susurró Shane inclinándose para besarla—. Pero ahora no. Si llegamos tarde, mi madre me matará.

—No puedo creer que te dé miedo tu madre —contestó Paige riendo—. Te marchaste de casa y te hiciste policía, has hecho más cosas para enfadar a tu madre que simplemente llegar tarde.

–No es que le tenga miedo, es que siento respeto por el daño que puede hacerme.

–Ah, eso me tranquiliza. Apenas puedo esperar a conocerla.

–Le gustarás. Y te preguntará por el vestido, pero no le digas nada. Deja que se muera de curiosidad.

–¡Qué malo eres!

–Sí, lo soy –convino Shane ladeando la cabeza en un gesto que Paige conocía ya muy bien, como diciendo: «pero a pesar de todo, te gusto»–. Espera, tengo que hacer una cosa antes de marcharnos.

–El baño está al final del pasillo –dijo Paige malinterpretando sus palabras.

–No, me refería a esto –Shane sacó una cajita de terciopelo del bolsillo de su chaqueta–. Espero que te quede bien, si no, podemos mandar arreglarlo. Era de mi abuela.

–¡Oh, Shane, qué bonito!

Se trataba de un anillo de plata con un diamante. Sencillo, pero elegante.

–Toma, póntelo –añadió Shane ofreciéndoselo.

Lo tradicional habría sido que Shane se lo pusiera en el dedo, pero su compromiso no tenía nada de tradicional.

–¿Le has contado a tus padres que te casas? –le preguntó Paige a Shane en el coche.

–En realidad no.

–¿Y eso qué significa? O se lo has dicho, o no.

–No he hablado con ellos, dejé un mensaje en el contestador diciendo que asistiría a la fiesta y que llevaría a alguien conmigo.

–¿Y sueles llevar mujeres a casa de tus padres? –preguntó Paige, sin poder resistirse.

–No.

–¿Cuándo piensas contárselo? Quiero decir, falta solo una semana y un día.

–Esta noche, después de la fiesta. A mi madre le gusta ser el centro de atención.

–Entonces guarda el anillo para después –afirmó Paige quitándoselo y sacando la cajita de la chaqueta de Shane mientras él conducía–. ¿Cómo crees que reaccionarán cuando se lo digas?

–Son Huntington, ellos no reaccionan. Sería de mal gusto. Es aquí, ya hemos llegado –añadió Shane pulsando el número secreto para abrir la puerta de la verja–. Hogar, dulce hogar.

Paige había visto algunas de las mansiones de Sheridan Road y Lake Michigan, pero la de los Huntington era impresionante. El paseo que llevaba a la casa, largo y sinuoso, estaba flanqueado por setos a los lados. La casa, de piedra gris con contraventanas blancas, era vasta y con clase, de aspecto imponente. El sol del atardecer la hacía brillar increíblemente, parecía una intervención divina.

La mansión de los Turner, en Toledo, también era grande, pero no podía comparársele. La casa en la que había crecido Paige era de estilo reina Ana y tenía montones de torreones y picos elevados. Resultaba acogedora, pero no impresionante.

–Recuerda –dijo Shane parando frente a la puerta y dándole las llaves a un mozo–, mi madre sólo sabe esbozar dos gestos, uno negativo y otro positivo. Es difícil distinguirlos, así que tendrás que fijarte bien. Si levanta ligeramente la comisura izquierda de los labios, todo va bien. Si frunce levemente el ceño, sin llegar a hacerse una sola arruga, entonces es que algo va mal –explicó Shane abriéndole la puerta del coche–. Y jamás discute, jamás se emociona.

–Creo que sé a lo que te refieres –contestó Paige–. La profesión de cirujano debe estar mejor pagada de lo que suponía –observó después asintiendo y señalando la casa.

–Los Huntington se hicieron ricos invirtiendo en

las vías de ferrocarril, allá por 1800 –explicó Shane riendo.

–¿Tan antigua es la casa?

–No, la mandó construir mi tatarabuelo hacia 1920. Tenía diez hijos. La casa tiene treinta dormitorios y otros tantos baños, y está llena de vidrieras. En las del comedor hay bodegones, y la chimenea del salón está adornada con relieves de caballeros en torneos.

¿Caballeros en torneos? Atravesaron el enorme vestíbulo, con su grandiosa escalera digna de la película *Lo que el viento se llevó*, y Shane observó:

–El entarimado del suelo y las puertas de la biblioteca pertenecían a un palacio normando del siglo XVIII.

–Pues esa puerta tiene aspecto de pesar una tonelada.

–La pesa. Una tonelada exactamente –contestó Shane deteniéndose un momento para recapacitar–. ¡Dios, estoy hablando igual que mi madre!

–Espero que no –bromeó Paige–. Tu voz resulta más o menos atractiva para chico, pero en una mujer no sonaría igual.

–¿Más o menos atractiva? –repitió Shane.

–Me temo que sí –contestó Paige dándole golpecitos compasivos en el brazo–. Pero tranquilo, estoy impresionada por la puerta, si eso te hace sentirte mejor.

–Creo que lo harás bien –comentó Shane riendo y guiándola hasta una terraza repleta de invitados.

Desde aquel lugar la vista era impresionante. Una alfombra de hierba verde daba paso al lago Michigan. A pesar de las voces de la gente y del tintineo de las copas, podía escucharse el ronroneo del agua en la costa. Aquella orilla pertenecía a los Huntington, igual que la mansión, que era tan bonita por la parte de atrás como por la fachada.

–Mi madre no andará lejos. ¿La ves? –preguntó

Shane mientras tomaba dos copas de un camarero que pasaba–. Te daré una pista: le encanta el color dorado. No le importa si se trata de una tarjeta de crédito, de un coche, del pelo o de los muebles del baño –añadió dando un sorbo de la copa con borde dorado.

–Pues si lo que quieres es que lo adivine, creo que es esa de ahí, la que está junto al bar, al fondo.

–¡Exacto! –comentó Shane elevando la copa y reconociendo el mérito–. Sí, esa es. Charlotte Huntington, la chica del cumpleaños.

Paige la observó unos segundos. Había conocido a muchas mujeres como ella. Charlotte era menudita, pero su porte era altivo; parecía tener una estaca por espalda. Sus cabellos, dorados, estaban perfectamente peinados, y llevaba un vestido de diseño de color marfil. Llevaba también una gargantilla de oro con un diamante, pero no resultaba ostentoso, aunque sí era lo suficientemente grande como para que se viera de lejos.

Las miradas curiosas de los invitados mientras Shane la guiaba hasta su madre hubieran puesto nerviosa a Paige de no haber ido acompañadas de expresiones de admiración. De nuevo el vestido de Zara salvaba la situación. Paige había tratado de pagárselo, pero la diseñadora había insistido en que le bastaba con que diera su nombre allá a donde fuera.

–Eres como un anuncio en movimiento –había afirmado Zara.

Aquel anuncio en movimiento caminaba por la elegante terraza llena de gente desconocida mientras la madre de Shane la observaba con evidente curiosidad.

–Creía que tu madre sólo sabía poner dos caras –murmuró Paige.

–Eso creía yo –contestó Shane sorprendido–. Si hasta S.F. parece interesado.

–¿S.F.? –repitió Paige.

–Mi padre. Samuel Franklin Huntington.

Paige apartó la mirada de la madre de Shane para observar a su padre. Era la viva imagen de un hombre mayor con clase: pelo cano, porte elegante.

–Feliz cumpleaños, mamá –sonrió Shane burlón abrazando a su madre–. ¿Ha llegado ya el tipo del *strip-tease* al que contraté para que saliera de tu tarta de cumpleaños?

Capítulo Ocho

–Shane, compórtate –ordenó Charlotte discreta-
mente, sin dejar de protestar hasta que Shane la
soltó.

La expresión de curiosidad había desaparecido,
reemplazada por su expresión «negativa» caracterís-
tica. Paige no habría sabido captarla de no ser por las
explicaciones de Shane.

–¿Qué pasa? –inquirió Shane soltando a su madre–. ¿Es que no te crees que lo haya contratado?

–Hasta tú tienes sentido común suficiente como
para no hacerlo –contestó su madre.

Paige hizo una mueca observando el énfasis que
Charlotte ponía en el comentario.

–¿Y tú qué, papá?, ¿qué crees?

–Que nada de lo que puedas hacer va a sorpren-
derme –declaró S.F.

Shane no pareció ofenderse. En lugar de ello
miró a su padre asintiendo, como si no esperara menos de él. Paige, sin embargo, sí lo lamentó por
Shane. Alargó el brazo y lo tomó de la mano tratando de reconfortarlo. El gesto llamó la atención de
sus padres.

Charlotte la miró de arriba abajo de una sola vez,
tomando nota de todo: desde el tono de la sombra
de ojos hasta el color de los zapatos de piel italianos.
Luego dijo:

–Tú debes ser la mujer con la que se va a casar
Shane –Shane pareció tan sorprendido por aquellas
palabras como Paige. Se había quitado el anillo de
compromiso, ¿cómo podía saberlo?–. Cariño, cierra

la boca –añadió Charlotte dirigiéndose a su hijo–. La gente nos mira.

–¿Cómo lo has sabido?

–Esta mañana he hablado con los abogados...

–Y te lo han soltado todo –la interrumpió Shane.

–En serio, Shane –añadió Charlotte frunciendo el ceño por segunda vez, aunque muy levemente–, ¿tienes que usar ese lenguaje tan vulgar?

–En serio, mamá, a la gente normal ese lenguaje no le parece vulgar.

–Los Huntington no son como...

–...como la mayor parte de la gente –la interrumpió de nuevo Shane para terminar la frase por ella–. Lo sé, créeme. Pocas familias harían una lista de requisitos para la esposa perfecta.

–A tu padre no le hizo falta ninguna lista, él sabía cómo debía ser la mujer adecuada. A tu edad estaba casado y tenía un hijo. Tú, en cambio, te muestras cabezota e intratable cuando se te habla de ese tema. Pero no importa, es agua pasada. Ven, querida –añadió poniendo una mano helada en el brazo de Paige–, quiero saberlo todo sobre tu familia.

–Paige se queda conmigo –afirmó Shane tomándola de los hombros.

–¿Es que tienes miedo de que asuste a tu novia? –preguntó Charlotte irónica.

–En realidad lo que ocurre es que Shane está tan enamorado que no puede separarse de mí –afirmó entonces Paige–. No es verdad, ¿cariño?

–Absolutamente, cielo –respondió él inclinándose para susurrar, antes de besarla en los labios–: Bien dicho, así se hace.

Y, hablando de cómo debían hacerse las cosas, el modo en que la lengua de Shane la penetraba fundiéndose con la suya resultaba de lo más seductor. Paige se olvidó de su madre, a un par de pasos, se olvidó de que su compromiso no era real, y se dejó hechizar por la magia.

–Bien, ya basta –afirmó el padre de Shane en tono reprobador.

Paige se sintió violenta y se apartó, pero Shane, molesto, respondió:

–¿Qué ocurre, papá? ¿Es que no te acuerdas de lo que significa ser joven y estar enamorado?

–De lo que sí me acuerdo es de qué se considera un comportamiento adecuado y qué no –contestó S.F.

–Ya es suficiente –intervino entonces Charlotte–. Es mi cumpleaños, y me niego a que mi hijo y mi marido me lo arruinen –ambos hombres se volvieron hacia ella con la misma expresión inocente, como diciendo: «¿pero qué he hecho yo?»–. Esta noche vamos a pasárnoslo bien, ¿queda claro? –los dos asintieron–. Bien, creo que la boda es el sábado, así que no tenemos mucho tiempo para prepararla.

–Paige lo tiene todo resuelto, lo celebraremos en la intimidad –afirmó Shane tratando de detener a su madre–. Ya tiene el vestido y el *catering*.

–¿De verdad tienes escogido el vestido? –preguntó Charlotte–. ¡Dios, debes estar ansiosa por casarte!

–Lo que ocurre, en realidad –contestó Paige solemne–, es que tengo unas amigas maravillosas. Y con mucho talento.

–¿Amigas? ¿Es que vas a poner a una amiga tuya a coserte el vestido? –preguntó Charlotte perpleja.

Shane estaba a punto de saltar en su defensa cuando escuchó a Paige contestar:

–Bueno, es una diseñadora profesional quien va a hacerme el vestido. El que llevo hoy también es suyo –Shane conocía bien a su madre. Sabía que se moría por preguntar de qué diseñadora se trataba, pero era demasiado orgullosa como para hacerlo–. Y del *catering* se ocupará otra amiga mía. Puede que hayas oído hablar de ella. Se llama Esma Kinch.

–¡Esma Kinch! –exclamó Charlotte sin ocultar sus celos–. ¡Pues claro!, traté de contratarla para la fiesta de hoy, pero tenía otro compromiso.

Shane recordó entonces lo que le había contado Esma: que la vida era demasiado corta como para complicársela con personas como su madre. No es que él no la quisiera. La quería, aunque no siempre ella se lo pusiera fácil. Sin embargo era la única madre que tenía.

Eso no significaba, no obstante, que fuera a dejarla manipularlo a su antojo. Ninguna de sus tácticas lo convencería para cambiar de profesión, por mucho que eso la consternara. Por otro lado el hecho de que su hijo menor, Robert, hubiera seguido los pasos de la familia, tampoco la había hecho feliz.

Y por último estaba el asunto de la boda. Su madre no parecía muy sorprendida por la noticia. Por supuesto, llevaba un año o dos lanzándole indirectas acerca de lo grato que le sería convertirse en abuela. Pero eso sí que le costaba creerlo. Shane sospechaba que en realidad lo hacía por su marido, que no deseaba otra cosa que continuar la tradición familiar.

Paige observó a Shane mientras Charlotte seguía hablando de lo difícil que era encontrar un buen servicio de *catering*. Estaba más callado de lo habitual. No podía dejar de preguntarse en qué estaría pensando. ¿Lamentaría haberla presentado a su familia? ¿Lamentaría haber tomado la decisión de casarse con ella? Shane no parecía de ese tipo de hombres que se arrepienten. Más bien parecía un hombre decidido, tenaz.

Los padres de Shane no eran tan terribles como había imaginado. Evidentemente eran snobs y clasistas, y ninguno de ellos era excesivamente amable, pero tampoco habían opuesto resistencia o mostrado oposición alguna hacia ella. En realidad, le recordaban a su abuela, sólo que su abuela era mucho peor.

–Y dime, ¿qué dicen tus padres de que te cases con mi hijo? –preguntó Charlotte–. ¿Les ha sorprendido que haya sido todo tan repentino?

Lo cierto era que Paige no se lo había dicho. Estaban de viaje por Europa, y tardarían aún dos semanas en volver. Era una bendición, porque su abuela, de seguro, se opondría a toda aquella precipitación. Bastante tenía Paige ya como para enfrentarse, además, a su desaprobación. O a las excentricidades de su padre.

Por suerte, antes de que Paige pudiera contestar, llegó un nuevo grupo de invitados que los interrumpieron. Shane, sin embargo, se dio cuenta de su apuro. En cuanto estuvieron solos la llevó a un rincón y le preguntó:

–Aún no se lo has contado a tu familia, ¿verdad?

–No.

–¿Se lo vas a contar?

–Ahora mismo están en Europa, no volverán hasta dentro de dos semanas.

–Pero seguro que puedes avisarlos de algún modo, si es que quieres que vengan.

–No conozco su itinerario, no sé exactamente dónde están. Ya se lo contaré después. Además, es mucho mejor. Mi abuela puede ser bastante... difícil cuando se lo propone.

–Como mi madre. Deberíamos presentarlas. ¿Estás segura de que no te importa que tu familia no asista a la boda? Todas las novias sueñan con que su padre las lleve al altar.

–Pero yo no soy como las demás novias, y nuestro matrimonio tampoco va a ser normal.

–Define normal –ordenó Shane–. Si por normal te refieres a un matrimonio como el de mis padres, de acuerdo. Nuestro matrimonio no va a ser así. Tú y yo tenemos unas cuantas cosas a nuestro favor. Por ejemplo el hecho de que me conoces mejor de lo que crees. Y luego, además, está esa atracción que sentimos el uno por el otro... –añadió acariciando su brazo con el dedo índice. Paige se estremeció–. No sé de dónde viene, pero...

–Pues yo sí sé de dónde viene –contestó ella mirando significativamente sus pantalones. Shane se echó a reír–. Puede que sea pelirroja, pero eso no significa que no tenga temperamento. A veces –continuó Paige enojada.

¿Era necesario decir tan claramente que no veía motivo alguno para sentir atracción hacia ella?, se preguntó Paige. Shane, que seguía sonriendo, acarició uno de sus rizos con los dedos.

–Tienes el pelo del mismo color que un *setter* irlandés que tuve de pequeño.

–¡Dios, cuánta amabilidad! –observó Paige bromeando–. ¡Compararme con tu perro, qué halagador!

–¿Sabes?, jamás, desde el mismo instante de conocernos, me has dejado llevarme el gato al agua. Las otras mujeres, en cambio, me sonríen cuando les sonrío yo.

–Pobrecillas, las vuelves locas en un instante.

–¿Lo ves? –sonrió él–. A eso me refería. Nunca consigo nada contigo. Eres tú la que lo consigue todo de mí, siempre ha sido así. Lo encuentro realmente excitante.

–Bien.

–Lo digo en serio –insistió él sacando el anillo de la caja y poniéndoselo en el dedo.

–Tú jamás hablas en serio –contraatacó ella.

–¿Jamás? –murmuró él clavando la mirada en sus labios–. Cuando te beso lo hago muy en serio. Y tú también pareces... tomártelo en serio.

Paige, incapaz de sostener su mirada, apartó la vista antes de contestar:

–Ligas mucho mejor que yo.

–No estoy muy seguro –replicó Shane–. Mira tu vestido. Seguro que te has mirado al espejo. Con admiración. No sé por qué resulta tan sexy, pero lo es.

–Sigo siendo una bibliotecaria, una bibliotecaria con un vestido elegante –advirtió Paige–. Y jamás me sentarán bien los tangas.

–Olvídate de los tangas –murmuró él–. Son demasiado poco... sutiles. Creo que me intriga más lo desconocido, lo enigmático.

–Creía que para ti era como un libro abierto –contestó Paige sorprendida.

–De ningún modo –sacudió él la cabeza–. Eres un puro misterio, das vueltas impredecibles.

–Así que no sólo me parezco a tu *setter*, sino que además soy retorcida, ¿no?

–¿Llamando retorcida a tu novia tan pronto, hermano?

–¿Siempre tan inoportuno, hermano? –contestó Shane dándole un golpecito en la espalda a su hermano Robert–. ¿Qué tal?

–Bien –contestó Robert–. Mamá dice que te casas el sábado que viene.

–Sí, ¿vendrás a la boda?

–Tengo dos operaciones ese día.

–Bueno, ¿quién soy yo para interponerme entre el médico y un enfermo que necesita que le arreglen las cañerías?

–Pero las tengo a primera hora de la mañana –añadió Robert–. ¿A qué hora es la boda?

–A las tres de la tarde –contestó Paige.

–Entonces puede que me dé tiempo.

–Eh, no te apures por mí –comentó Shane.

–Como si fuera a hacerlo. No, es que quiero verlo con mis propios ojos. Mi hermanito mayor, el que juró que jamás se ataría a ninguna mujer, el que aseguraba que detestaba el matrimonio, se casa. Tengo que verlo –rio Robert–. Aunque claro, está el asunto de la herencia del abuelo, hay que tenerlo en cuenta. Pronto será tu cumpleaños, ¿verdad? El martes de la semana siguiente.

–Ríete cuanto quieras –contestó Shane medio enfadado–, pero ten en cuenta que el siguiente eres tú. Y espero que los abogados te preparen una lista de condiciones más larga que la mía.

–Imposible. El abuelo sabía que yo seguiría la tradición. Sólo se le ponen condiciones a la oveja negra de la familia. Aunque, tengo que reconocerlo, tampoco te ha ido tan mal. No está mal, el anzuelo que has pescado.

–Es la primera vez que me llaman anzuelo –comentó Paige sarcástica.

–¿Es que vas a tirarme ese canapé a la cara? –preguntó Robert.

–No, pero tendrás que esforzarte bastante para ganarte mi aprobación.

–¿Será suficiente con una caja de bombones? –inquirió Robert.

–Como si fuera tan fácil comprarme –respondió Paige, antes de preguntar–: ¿De chocolate negro, o blanco?

–Negro –contestó Robert de inmediato–. Trufas. Bastante caras.

–Bien –respondió Paige fingiendo considerar la oferta–. Servirá, para empezar. Mándamela con un cheque por el importe de los bombones a nombre de Hope House, y quedamos en paz.

–¡Qué bárbara! –exclamó Robert sorprendido.

–Gracias. Y ya sabes, cuando yo esté delante, compórtate.

–¿Eso vale también para mi hermano Shane?

–Shane sabe comportarse... pero me gusta más cuando se porta mal –contestó Paige.

–Eso no se lo cuentes a mi madre –rio Robert.

La cena se sirvió en el césped, al abrigo de un enorme toldo blanco. Los cien invitados se sentaron en mesas de mantel blanco y platos de porcelana fina. Cada una de ellas estaba adornada con un centro de flores. No era el Windy City Ball, pero sí bastante impresionante.

Junto a cada plato, una tarjeta en la que se detallaba el menú. Paige tenía intención de quedarse con una de ellas para dársela a Esma, aunque quizá resultara difícil, porque estaba sentada a la misma mesa que la madre de Shane.

Nada más sentarse les sirvieron caviar. Después ensalada de *foei gras* y puntas de espárragos con trufas. A continuación pato con salsa de vino y arroz con nabos. De postre, un gratinado de bayas con salsa de champán.

No hubo chocolate. Ni tarta. Fue una lástima. Paige esperaba ver a Charlotte soplar las velas, pero según parecía no estaba bien visto.

Paige sabía que, de haber sido real su compromiso, aquella fiesta la habría puesto bastante más nerviosa de lo que estaba. Se habría preocupado mucho más de si iba a gustarle a los padres de Shane. El hecho de que todo fuera una farsa la mantenía a cierta distancia, podía observar la escena desde fuera.

Shane y ella no iban a pasar el resto de su vida juntos. No estaban locamente enamorados el uno del otro. Al contrario que en su último compromiso, en aquella ocasión tenía los ojos bien abiertos desde el principio. Shane no la amaba, lo sabía.

Esa era la razón por la que aquella experiencia resultaba tan distinta de la de Quentin. En aquel momento ella había creído en sus fantasías. En cambio, con Shane, Paige sabía que solo estaba fingiendo, igual que una actriz. Y sabía que no duraría. Por eso había decidido disfrutar, mientras durara. Era mejor que desear lo imposible.

A pesar de todo, habría preferido chocolate de postre. La cena transcurrió sin incidentes. Paige comenzaba a relajarse cuando vio a Charlotte ponerse en pie y toser.

—Quiero agradeceros a todos que hayáis venido a mi fiesta esta noche —comenzó a decir en voz alta—. Además, tengo que daros una noticia.

—¡Oh, no! —exclamó Shane, comprendiendo que era demasiado tarde.

–Mi hijo Shane se casa este sábado en el High Grove Country Club. Por supuesto, estáis todos invitados.

–¡Oh, no! –volvió a exclamar Shane, viendo arruinados sus planes de celebrar una boda en la intimidad–. ¿Cómo, cuándo he perdido el control de la situación? –musitó entre dientes.

–Cuando atravesaste la puerta de esta casa –contestó alegremente su hermano–. Bienvenido a casa, hermanito.

–No lo sabía, te lo juro –aseguró Shane desesperado, mientras llevaba a Paige a casa. Aquella era su primera oportunidad de estar a solas, tras la cena–. No sabía que tenía intención de invitar a todo el mundo a nuestra boda.

Paige se preguntó qué hacer, si tratar de reconfortarlo o dejar que sufriera otro poco más. Sabía mucho sobre tácticas familiares, sobre perder el control de una situación. Su padre y su abuela eran expertos. Gracias a Dios estaban en Europa.

–Estás enfadada, ¿verdad? –continuó él resignado–. Por eso estás tan callada.

Paige se apiadó. En realidad Shane se merecía aquel sufrimiento por haberla arrastrado a esa fiesta avisándola solo dos días antes.

–¿Por qué no me hablaste antes de la fiesta de hoy?

–¿Estás loca? –parpadeó él–. No estaba dispuesto a presentarte a mis padres antes de que accedieras a casarte conmigo. Jamás habrías accedido, de haberlos conocido. De haber sabido dónde te metías...

–¿Tenías miedo de que me echara atrás si los conocía?

–No –respondió él con calma–. Tú no eres de las que se echan atrás.

¿Y qué clase de mujer era, entonces?, ¿el tipo de

mujer del que él podía enamorarse?, ¿o una loca, por acceder a semejante compromiso, por muy noble que fuera la causa?

Paige hubiera deseado tener las respuestas a esas preguntas. Sin embargo, Shane tenía razón en una cosa: ella no era de las que se echaban atrás. Le había dicho que se casaría con él, y lo haría.

Capítulo Nueve

–¡Lo sabía! –exclamó Irene al lunes siguiente, tras confesarle Paige que Shane y ella iban a casarse ese mismo sábado–. ¡Sabía que salíais juntos! Sabía que acabaría por mostrarse razonable con eso de los tangas.

–¿Lo de los tangas? –preguntó Leslie–. Cuenta, cuenta.

Todos se sentaron en la sala de descanso a comer. Paige había pensado que aquel sería el mejor momento para darles la noticia y las invitaciones, que Esma había conseguido por arte de magia.

–Shane dijo que sólo se casaría con una mujer a la que le sentaran bien los tangas –explicó Irene.

–¡Qué hombre más pasional! –comentó Leslie–. Me di cuenta de ello nada más verlo la primera vez.

–Sí, todos nos fijamos en él –convino Irene.

–¡Y te ha pedido que te cases con él! ¡Qué romántico! –exclamó Leslie–. ¡Felicidades!

–Gracias.

Paige estaba muy contenta de que sus compañeros de trabajo no se hubieran tomado la noticia con escepticismo. Si alguno de ellos se había sorprendido, no lo demostró. En lugar de ello abundaron las felicitaciones.

Después de comer, Paige comenzó a trabajar en el mostrador de atención al público. Por alguna razón, era incapaz de olvidar el comentario de Leslie sobre lo apasionado que era Shane. Eso, y el beso de la terraza, en casa de sus padres. Se excitaba sólo con recordarlo. También recordaba el beso en la pista de hielo, la forma en que Shane la había hecho su prisionera mientras la acariciaba con la lengua...

–¿Podría usted ayudarme? –preguntó una mujer de mediana edad–. Estoy buscando un libro de Sue Grafton. Es una novela de misterio, y creo que se titula *A is for Abstinence*.

Abstinencia. A eso era a lo que estaba a punto de renunciar en favor de la pasión que prometía Shane. Paige parpadeó, desechó la idea y trató de concentrarse en el trabajo.

–Creo que el título que busca es *A is for Alibi*.

–Eso es, exactamente.

Tras explicarle a la lectora dónde encontrar el ejemplar, Paige comenzó de nuevo a trabajar en los horarios del personal. Quería tomarse libres el jueves y el viernes anteriores a la boda, pero la biblioteca no podía quedarse sin atender.

–¡Qué tontería! –exclamó un hombre desconocido, de pie frente a ella.

Paige, sobresaltada, tardó unos segundos en comprender que se refería al letrero que había sobre la mesa, en el que se decía: «*No se disculpe usted jamás por tener sus propios gustos*»

–Hay libros buenos y libros malos –continuó el hombre–. Y claro que hay que disculparse por leer libros malos.

–Todos tenemos gustos diferentes... –comenzó a decir Paige.

–Sí, pero algunos tienen mal gusto, y sí hay que disculparse.

Era evidente que aquel hombre se creía en posesión del gusto más exquisito. Resultaba de lo más irónico, observando cómo iba vestido. A pesar de todo, Paige se mostró cortés.

–La gente lee libros por muy diversas razones... –comenzó a decir viéndose interrumpida una segunda vez.

–No hay ninguna razón para leer basura.

Paige no lograba entender la razón por la que aquel hombre estaba tan irritado. Continuó lanzando improperios, y ella lo dejó esperando que, sencillamente, se cansara.

–Los lunes suelen ser muy tranquilos –observó Irene acercándose y sacudiendo la cabeza–. Menos hoy. Debe ser por la noticia de tu boda. No esperábamos que ocurriera nada interesante hasta el viernes, que habrá luna llena. Ese hombre no debería haber aparecido hasta entonces.

–Sí, cuando hay luna llena vienen más lectores estrafalarios. Hoy todos parecen a punto de estallar.

–Excepto el personal de la biblioteca –la corrigió Irene con una sonrisa.

–Por supuesto. Nosotros siempre somos amables y corteses. Hasta con la gente más impertinente.

–Bueno, aquí al menos no tenemos que preocuparnos por ese Cubs Flasher, como en la biblioteca de Wentworth –comentó Irene–. He oído que van a poner cámaras ocultas en los rincones más insospechados para pillarlo *in fraganti* y reconocerlo, si es que vuelve.

–¿Si es que vuelve? –repitió Paige.

–Sí, ¿es que no te has enterado? Se presentó en Wentworth la semana pasada. Hasta tuvo la osadía de preguntar por libros sobre exhibicionismo. Entonces se abrió la gabardina. Por suerte, la señorita Bergmeister, que era quien atendía al público en ese momento, había perdido las gafas, así que no vio nada. Pero un cliente lo vio todo desde detrás y comenzó a gritar. El exhibicionista logró escapar. Apuesto a que Shane se encarga del caso.

Fue entonces cuando Paige se dio cuenta de que Shane nunca le hablaba sobre su trabajo. De hecho, apenas hablaba sobre sí mismo, a menos que ella se lo pidiera, como por ejemplo cuando le pidió que le hablara sobre su familia.

Tampoco hablaba nunca sobre lo que hacía en Hope House. Paige se había enterado por Sheila de que visitaba la casa al menos dos veces por semana, y pensaba acercarse para descubrir algo más sobre el misterioso hombre con el que iba a casarse. Pero primero tenía que ir a ver a Zara para probarse el vestido.

–¡Aug! –exclamó Paige.

–¡Deja de moverte! –gritó Zara con un montón de alfileres en la boca, mientras iba prendiéndoselos a Paige en la cintura–. ¿Has engordado? Será mejor que dejes de comer bombones –advirtió tratando de apartar la caja a la que Paige se aferraba.

–¡No toques mis bombones!

–Sí, te lo advierto, Zara, jamás te interpongas entre Paige y sus bombones –aconsejó Esma.

–Hay algo que no va bien, la tela no cae como debiera –comentó Zara dando la vuelta alrededor de Paige–. ¿Llevas los zapatos de la boda?

–No, lo olvidé –contestó Paige levantándose la falda con una expresión de culpabilidad, enseñando las zapatillas.

–Toma –dijo Esma pasándole la caja de zapatos.

Una vez puestos los tacones, Zara pareció más contenta. Sin embargo continuó dando vueltas a su alrededor, mirando con ojo crítico la cinturilla.

–Podemos sacar un poco la cintura y hacerlo al estilo de vasco, con un el escote en forma de V. Eso ocultará un poco la tripa –explicó pinchando otro alfiler.

–¡Ouch! Escucha, no me estás ayudando mucho –protestó Paige irritada–. Ya estoy bastante acomplejada, no necesito que me digas que tengo tripa grande. Mi ropa me sienta bien –señaló tomando otros dos bombones de la caja–. Quizá deba ponerme otra vez el vestido dorado, así no tendrás que hacer otro –sugirió mirándolas a ambas, que la observaban con desaprobación.

–Nunca lleves un vestido de baile a tu boda –dictaminó Zara.

–¡Pero si este es prácticamente igual! –señaló Paige.

–Eso sólo lo sabemos tú y yo –replicó Zara–. Y Esma. Nadie más. Te verán por primera vez, y creerán que eres una aparición. Y entonces toda la gente rica querrá que les diseñe sus vestidos.

–Mencioné tu nombre en la fiesta de los Huntington el viernes por la noche. El vestido de color púrpura era una obra de arte.

–Pues este será más bonito aún –contestó Zara contenta.

–¿Y estará listo para el sábado? –preguntó Paige sin ocultar sus dudas, mientras tomaba otro bombón.

Paige sólo comía así cuando estaba muy nerviosa. Era una costumbre que había adquirido de pequeña.

–¡Por supuesto! –exclamó Zara clavándole a la cintura el último alfiler–. ¿Qué sentido tiene molestarse en hacer un vestido si no va a estar listo para el día en que se necesita?

–Bueno, es que... me da la sensación de que falta mucho.

–Tú no sabes nada de vestidos, pregúntale a Esma.

–Puedes estar tranquila –intervino Esma alegre, ayudándola a quitarse el vestido lleno de alfileres.

Esma había sido el pilar sobre el que Paige se había apoyado los últimos días. Su amiga ni siquiera había parpadeado cuando le contó lo que había hecho Charlotte Huntington durante la fiesta de cumpleaños, invitando a todos los asistentes sin consultar primero siquiera. La lista de invitados había ascendido de 25 a 125.

–¿Cómo puedes mantener la calma? –preguntó Paige mientras se quitaba el vestido por encima de la cabeza.

Tenía que reconocer que lo necesitaba. Necesitaba aquel vestido que Zara le estaba haciendo. Lo necesitaba para animarse y sentirse más confiada, igual que con el vestido dorado.

–Es que no soy yo quien se casa este sábado. Mira, ¿qué te parece? ¿Cuál vestido crees que debo llevar, el de color melocotón o el de color frutas de pasión? –Esma iba a ser la única dama de honor, así que su vestido no tendría que competir con ningún otro–. Los dos van bien con tu ramo de flores. Llevarás un ramo de rosas blancas y melocotón y lilas, y el Palmer Room, donde se celebrará la ceremonia, estará decorado con rosas de color melocotón y peonias blancas.

–Jamás habría podido arreglármelas sola, sin tus valiosos contactos, Esma. Conoces incluso a una florista.

–En casos como este, tener una amiga que se dedica al *catering* vale mucho –convino Esma.

–Por favor, dile a esta bestia que el lazo es para el vestido, no para jugar –las interrumpió Zara señalando a uno de los gatos.

–En realidad Simon es macho –la informó Paige tomándolo en brazos.

Schuster, mientras tanto, observaba la idas y venidas de las tres mujeres desde su enorme cuenco sobre la mesa. Por fin lo tenía para él solo, así que no tenía intención de moverse.

Tras decidirse por el vestido de color melocotón para Esma y por el capullo de rosas para prenderlo sobre el *top* del vestido de Zara, Paige pudo por fin dejar de lado aquel asunto. Una vez sola, con Simon sobre su regazo, Paige recordó que todo iba a ser una farsa, que su compromiso con Shane no era real. Él mismo había estado de acuerdo en que no iba a ser un matrimonio normal, aunque también había sugerido en casa de sus padres que no sería un mero acuerdo sobre el papel.

La idea la llenaba de inquietud y nerviosismo, de deseo. Quizá, sencillamente, necesitara comer más bombones.

La presión del trabajo y de los preparativos para la boda impidieron a Paige visitar Hope House antes del jueves por la tarde. Apenas había visto a Shane en los últimos días. Él también trabajaba horas extra para poder tomarse el viernes y el fin de semana libre. Habían hablado por teléfono, claro, pero Paige seguía pensando que sabía muy poco acerca de él. Esperaba que su visita a Hope House la iluminara, al menos en parte.

–Me alegro mucho de que hayas venido –comentó Sheila Romerez–. Y felicidades, una vez más, por la boda –añadió levantándose para abrazarla–. Cuando os vi juntos en la pista de hielo, sentí como si saltaran chispas entre vosotros dos.

Según parecía, Shane no le había contado la verdadera razón por la que se casaban.

–No quiero que se sientan mal a causa de ello –había alegado Shane cuando Paige le preguntó–. Saben lo del millón de dólares, pero no conocen los detalles acerca del testamento de mi abuelo, y prefiero que sigan sin conocerlos.

Paige se sentía más que feliz de poder cumplir sus deseos, por mucho que ello la hiciera sentirse como una mentirosa.

–Habéis sido muy amables invitándonos a la boda –continuó Sheila retirando un montón de papeles de una silla para que Paige pudiera tomar asiento.

–Hope House significa mucho para Shane.

–¿Y a ti eso qué te parece? –preguntó Sheila volviendo a su silla, detrás de la mesa.

–Perfecto –contestó Paige sorprendiéndose incluso a sí misma–. ¿Por qué iba a importarme?

–Algunas mujeres podrían sentirse celosas. Shane pasa aquí mucho tiempo. Eso por no mencionar la elevada suma de dinero que va a donar. Ese dinero va a cambiar la vida de muchas personas –Sheila continuó contándole a Paige las reformas que pensaban hacer para añadir un nuevo bloque al edificio y conseguir así más espacio–. Puede incluso que compremos los terrenos de al lado, para ampliar los jardines de recreo. Shane enseña a los niños a jugar al baloncesto, además de a patinar. Para ellos es una influencia muy positiva, muchos de ellos jamás han visto con simpatía a ninguna figura masculina.

–No hace falta que trates de convencerme –aseguró Paige–. Sé que Shane hace bien viniendo aquí y donando ese dinero.

–También hace bien casándose contigo –añadió Sheila.

–Espero que él piense lo mismo –contestó Paige nerviosa, mordiéndose el labio inferior.

–Por supuesto que lo piensa –sonrió Sheila tratando de convencerla–. Shane es una persona inteligente, compasiva y honrada.

–Sí, lo sé –asintió Paige.

–¿Y sabías también que tiene talento para la música?

–No, eso no lo sabía.

–Ahora mismo está en la sala de música, ve a verlo por ti misma. Es la sala grande, la del final del pasillo, al otro lado del hueco de la escalera.

Hope House había sido una enorme mansión victoriana con una docena de dormitorios en cada una de sus tres plantas. Paige recorrió un largo pasillo, rodeó el hueco de las escaleras y continuó por el mismo corredor hasta el final. El aire comenzó a llenarse entonces de notas musicales. Estaban tocando la canción *Old McDonald's Farm*.

Ante ella, al final del corredor, vio una enorme y luminosa sala llena de niños y la esquina de un piano. Se acercó sin hacer ruido y vio a Shane, sentado frente al instrumento, tocando alegremente. Al dar un determinado acorde, señalaba a un niño para que dijera qué animal venía a continuación en la canción. Paige escuchó las estrofas del cerdo, la cabra y el caballo. Entonces Shane señaló a Leah, la pequeña niñita tímida con la que había patinado.

—¡Llama! —gritó la niña sonriendo.

Y Shane comenzó a cantar la nueva estrofa acerca de la llama.

De pie, mientras lo observaba, Paige sintió que la última de sus defensas se venía abajo.

Shane siguió a Paige en el coche de vuelta a su apartamento. Habían cenado pronto, y luego ella lo había invitado a su casa a tomar la última copa. Y, durante toda la noche, ambos se habían estado enviando mensajes insinuantes mientras la excitación iba en aumento. Apenas podían esperar a llegar a la puerta del apartamento de Paige. Shane la tomó en sus brazos de inmediato.

—Llevo toda la noche deseando hacer esto —murmuró contra su boca.

Aquel beso fue apasionado y excitante, pero no bastó.

—Y yo he estado esperando...

—¿Qué? —preguntó él mordisqueando su labio inferior—. Cuéntame.

—Más... —susurró ella.

—¿Más? —repitió él frunciendo el ceño. Paige asintió—. ¿Quieres decir seguir besándonos, o hacer el amor?

—Las dos cosas.

—¡Gracias a Dios! —exclamó Shane demostrándole

cuánto la deseaba–. No tenía intención de presionarte, pero...

–Mmm... presióname –susurró ella restregándose contra él.

–Sí, pero primero hay que abrir una lata de atún.

–¿Una lata de atún? –repitió ella confusa.

Había oído hablar de las cremas o de la mantequilla para lubricar escenas de pasión, pero jamás de una lata de atún.

–Es para los gatos –explicó Shane entrando en la cocina a grandes zancadas para rebuscar por los armarios–. No estoy dispuesto a que vuelvan a interrumpirnos –añadió abriendo la lata y echando el contenido en los platos de los gatos.

Simon y Schuster se apresuraron a la cocina. Habían oído el ruido de la lata al abrirse, y enseguida había captado su atención.

Mientras tanto, de vuelta en el salón, Shane se concentraba por entero en besarla. En aquella ocasión, cuando posó los labios sobre los de ella, no se reprimió. Las embestidas de su lengua, fundiéndose con la de ella, eran un presagio de lo que sucedería a continuación. Paige sintió la excitación recorrer todo su cuerpo como una llama ardiente que la tensara, que la humedeciera.

–Deseaba hacer esto –murmuró él deslizando las manos por los botones de su camisa para desabrochársela en un tiempo récord y acariciar sus pechos.

Luego alargó una mano y estrechó su trasero contra sí.

–Es maravilloso –aseguró ella con voz ronca, elevando una pierna para estar más cerca de él.

Instantes después Shane la levantaba para que enroscara las piernas a su cintura. Ella lo envolvía por el cuello con los brazos, y él la besaba una y otra vez con pasión. Entonces él se apartó un instante y dijo:

–Aquí no. De pie, contra la pared, no. En la cama. Vamos a tu cama.

Shane la levantó en brazos sin dejar de besarla y la llevó al dormitorio. La posó suavemente sobre la cama y, sin perder un instante, se tumbó junto a ella. Paige tenía la blusa medio abierta. Él terminó de quitársela y la contempló con ojos oscuros llenos de deseo.

–Te das cuenta de que, como detective de policía que soy –murmuró él en voz baja, muy sexy–, estoy acostumbrado a investigar.

–¿Y qué es lo que piensa investigar aquí, señor Detective?

–A ti. Pienso investigarte a ti. Todas tus evidencias... físicas –explicó mientras la acariciaba desde el cuello hasta la cintura–. Como investigador experimentado, busco pruebas, evidencias físicas. Como por ejemplo este sujetador. Es una prueba palpable de que eres una mujer increíblemente sexy.

–Así que eso es lo que prueba, ¿eh? –preguntó Paige observando sus manos acariciarla y sintiendo que se iba acalorando.

–Desde luego. Este encaje... –continuó Shane dibujando con un dedo el borde de encaje de la pieza que abrazaba sus pechos–... tiene como único propósito volver locos a los hombres.

–Sí, me preguntaba por qué estaría ahí –murmuró ella.

–Bueno, pues ya lo sabes.

–Sí, pero también sé que tú llevas más ropa que yo.

–Eso tiene fácil solución –contestó Shane con una sonrisa sexy–. Espero –Shane se apartó y se quitó la camiseta–. ¿Mejor así?

–Es un comienzo. Es un crimen ocultar esto –observó Paige acariciando su torso musculoso con ambas manos.

–Pues también lo es ocultar esto otro –contestó él

soltándole el sujetador, que se abrochaba por delante, para liberar sus pechos–. Y ya que eres la principal sospechosa, voy a tener que interrogarte.

–¿No debería estar presente mi abogado? –bromeó Paige mientras él tiraba la prenda íntima al suelo.

–No creo que sea necesario, puedes contestar por ti misma.

¿Acaso iba a preguntarle por qué hacía el amor con él, o por qué había decidido casarse? ¿Como podía responder a semejante pregunta, cuando ni siquiera estaba segura de la respuesta?

–Vamos a ver, señorita Turner –comenzó él a decir, en broma–, ¿es usted consciente de que es un crimen ocultar unos pechos tan eróticos como estos?

–Pero no son muy grandes –contestó ella en tono de disculpa.

–Seré yo quien juzgue eso. Hmmm –Shane acarició su piel desnuda rozando los pezones con el pulgar–. A mí me parece que están bastante bien. Bastante bien, en verdad. Y ahora tendré que hacerle unas cuantas preguntas, *madam*. ¿Qué le gusta más... esto... –inquirió acariciando su pecho derecho con manos seductoras– ... o esto?

Shane bajó entonces la cabeza y comenzó a besarle el cuello hasta llegar al pecho izquierdo.

–¡Oh! –exclamó Paige arqueándose contra él, llena de placer.

–¿O quizá prefieras esto otro? –continuó él en un murmullo, contra su piel, antes de lamer el pezón con la lengua haciendo círculos.

–¡Sí! –jadeó ella enredando los dedos en sus cabellos para sostener su cabeza allí–. ¡Sí!

Shane se tomó su tiempo para practicar aquella magia seductora con ella. Le quitó la falda y se quitó los vaqueros, y después comenzó a descender por su cuerpo mientras le preguntaba qué le gustaba más. Tras quitarle la ropa interior, Shane fue descubriendo uno a uno sus tesoros más escondidos, creando en ella una necesidad imperiosa y dejándola perderse en un mundo de placer sensual.

Nada importaba ya, excepto sus manos, sus labios, y la necesidad creciente que surgía en ella. Shane la llevó al clímax del placer haciéndola recorrer las crestas más altas, más encumbradas. Asustada ante la intensidad de su propia respuesta, Paige se aferró a la colcha con ambas manos y gritó su nombre.

–Tranquila –dijo él–. Déjate llevar, deja que suceda. Vamos –susurró Shane engatusándola con sus palabras roncas y sus movimientos eróticos mientras acariciaba el punto más escondido entre sus pliegues femeninos.

La explosión de placer la mantuvo aferrada a la colcha. Olas de sensaciones la inundaban en una espiral irresistible. Entonces él, caliente, pesado, tenso y listo para ella, buscó el camino a casa. El roce de sus embestidas excitó cada una de sus terminaciones nerviosas, ya antes vibrantes, con una sobrecarga sensorial que una vez más enervó todo su cuerpo presagiando el glorioso fin que aún estaba por llegar. Paige levantó las rodillas, se aferró a él mientras su cuerpo le daba la bienvenida con el más íntimo de los abrazos, y lo atrajo hasta lo más hondo de su ser sujetándolo ahí con la delicadeza de su propio cuerpo, llenándolo de satisfacción.

Shane gritó su nombre, paralizado en todo su esplendor, antes de unirse a ella y deslizarse juntos por la cuesta del deseo hacia la plena satisfacción.

Paige abrió los ojos y vio los rayos de luz de la mañana penetrando por la ventana del dormitorio. Tras unos segundos de desorientación, se preguntó a qué se debía aquella deliciosa sensación de calidez que sentía en la espalda. Sospechaba que sería Simon o

117

Schuster, y de pronto comprendió que se trataba de Shane. El brazo de él descansaba alrededor de su cintura desnuda.

Paige levantó su brazo, cedió al deseo de besar el pulso de su muñeca y, finalmente, con mucho cuidado, se levantó de la cama volviendo a posarlo entre las sábanas. Echó un vistazo al reloj de la mesilla. Era tarde, casi las once. Por lo general sus gatos la despertaban antes, pero debían sentirse aún satisfechos con la enorme lata de atún que Shane les había dado para cenar.

Paige conocía esa sensación de satisfacción plena más allá de lo que pudiera uno soñar. Sólo que en su caso se la había provocado Shane, no una lata de atún. Y qué sensación, reflexionó mientras caminaba de puntillas hacia el baño, tratando de no despertarlo. Tras pasar la noche entera haciendo el amor apasionadamente, necesitaba ordenar sus ideas antes de hablar con él. Solo mientras se duchaba se permitió a sí misma reflexionar sobre lo sucedido. Y lo sucedido resultaba ser una experiencia tan fuerte como la sensación del agua helada cayendo por su cuerpo.

Amaba a Shane. Nada más comprenderlo se le escurrió el jabón de las manos. Estaba profundamente enamorada de Shane. Tan seguro como que se le había caído el jabón. Enamorada, abandonada sin reservas, por completo, a su destino.

De pronto Paige se echó a temblar y se apoyó sobre la pared. ¿Cómo había sucedido?, ¿cuándo se había convertido aquella atracción en otra cosa, en algo más profundo y más grande?

¿Habría sido, quizá, al verlo cantar con los niños en Hope House?, ¿habría sido la noche anterior, cuando él la interrogó lleno de sensualidad? No, recordaba haberse sentido insegura acerca de sus propios sentimientos en aquel momento. ¿O es que acaso había estado todo el tiempo negándose a reconocer lo inevitable? ¿Sería posible que amara a Shane desde el mismo instante en el que él entró en la biblioteca?, ¿sería esa la razón por la que siempre se había sentido unida a él de un modo especial?, ¿acaso su propio instinto de defensa le había impedido verlo antes con claridad?

Demasiadas preguntas para tan pocas respuestas. Solo una cosa era segura: amaba a Shane.

El agua de la ducha la enfrió. Shane jamás había dicho que la amara. Desde el principio, había expuesto con claridad las razones por las que se casaba con ella. Y ella jamás hubiera debido dejarse llevar por su fantasía. Al contrario, debía interpretar el papel de novia y, después, el de esposa, sin abrirle nunca el corazón.

Paige salió de la ducha y se envolvió en una toalla quedándose de pie, mirando su reflejo en el espejo empañado. Sí, su expresión era de sorpresa, y así era como se sentía.

¿Qué ocurriría si, al despertar, Shane hacía exactamente el mismo descubrimiento que ella?, ¿qué pasaría si la noche de pasión lo hubiera transformado también a él? ¿Qué pasaría si, en ese mismo instante, sobre su cama, Shane estuviera preparándose para declararle su amor?

Paige se apresuró a volver al dormitorio, pero se encontró a Shane despierto y a medio vestir. Y, en lugar de proclamar sus sentimientos a bombo y platillo, lo escuchó decir:

–¿Te he contado ya que hoy no podré reunirme contigo y con los abogados para comer?

–¿Para comer? –repitió ella confusa y decepcionada–. No me habías dicho nada de que hubiera hoy una comida.

–Claro que te lo dije. Quería estar contigo cuando te sentaras a hablar con los abogados de mi familia, pero me han llamado por el busca mientras estabas en la ducha. Tengo que ir a la comisaría inmediatamente, tienen una pista sobre Cubs Flasher. ¡Eh, no te asustes!

Eso era fácil de decir para él. No era Shane quien acababa de descubrir que amaba a alguien que... no le correspondía.

Capítulo Diez

–Tampoco esos abogados de Bottoms, Biggs & Bothers, son tan malos –aseguró Shane, que se había puesto los vaqueros del día anterior y solo le faltaba la camiseta–. Seguro que les encantas. Ya lo verás. Eh, ¿te encuentras bien? –preguntó con aires de preocupación–. Te has puesto pálida. Ven, siéntate aquí –añadió guiándola hasta la cama.

Paige se sentó al borde de la cama y comenzó a reflexionar. Quizá se tratara simplemente de sexo, quizá se debiera simplemente a la increíble experiencia sexual de la noche anterior. Quizá no fuera amor, después de todo.

Y quizá los cerdos volaran. No, se trataba de amor. La lujuria jamás la habría hecho estremecerse de ese modo, jamás la habría hecho sentirse como si la base sobre la que se asentaba su vida se sacudiera y temblara bajo sus pies. Shane frotaba sus manos como si sufriera un *shock*. Y lo sufría; sufría el *shock* de saberse enamorada de él.

¿Le correspondería? Paige lo miró con ojos penetrantes, tratando de leer la respuesta.

Pero la mirada de Shane era la misma de siempre. Sí, parecía preocupado. Sí, sus ojos eran increíblemente atractivos. Le gustaban especialmente las arrugas de los lados, arrugas de tanto sonreír. Paige estuvo a punto de alzar una mano para acariciarlas, pero se controló. Tenía que hacerlo, no había en él rastro alguno de que hubiera hecho un descubrimiento semejante al de ella. ¿Sería posible que ocultara sus emociones?

–Tranquila, todo irá bien –decía él–. Eres una Turner de Toledo, tú comes abogados para desayunar. Eres bibliotecaria, eres...

Shane hizo una pausa. Entonces Paige sintió que el corazón se le aceleraba.

–¿Sí?

–Eres realmente sexy –añadió Shane inclinándose para lamer una gota de agua del valle en sombras entre sus pechos.

Paige llevaba un albornoz. Aquella tentadora caricia de su lengua la ruborizó de la cabeza a los pies. Shane había colocado un brazo alrededor de su cintura. Era una suerte que la sujetara, porque de otro modo se habría derretido allí mismo, en ese instante.

–Umm.... ¿a qué...? mmm –Paige tenía la cabeza inclinada, se ofrecía a sí misma a aquel placer mientras gemía con voz ronca y sexy–. ¿A qué hora se supone que... debo encontrarme con... esos abogados?

–A mediodía –murmuró él contra su piel.

–¿Cómo? –volvió a preguntar Paige saltando de la cama–. ¡Pero si sólo falta media hora!

–Tienes razón. Y yo tengo que ir a la comisaría, si no me voy a enterar –contestó Shane deteniéndose un instante para besarla antes de recoger su camiseta y salir del dormitorio.

–¡Espera! –gritó ella–. ¿Dónde se supone que debo encontrarme con esos abogados?

–En el High Grove Country Club –respondió él asomando la cabeza por el marco de la puerta.

Estupendo. El mismo lugar en el que se celebraría la boda al día siguiente y el compromiso aquella misma noche.

–No te olvides de la fiesta de esta noche, es a las cinco. No pienso ir sola, así que más te vale aparecer.

–Allí estaré –prometió él guiñándole un ojo y sonriendo sexy antes de marcharse.

Paige no tuvo tiempo siquiera de admirar el aspecto de Shane por la mañana. Tenía que ponerse en marcha.

¿Cómo vestirse? Paige repasó el armario buscando la solución a su problema.

Un traje. Lo mejor sería ponerse un traje. Tenía uno al fondo del armario. Pero estaba allí por una buena razón. La chaqueta tenía una mancha.

Otro traje. Tenía que tener otro traje. Lo tenía. El negro, de pantalón. Pero era demasiado elegante para llevarlo por la mañana.

Paige sacó un tercer traje del armario. Era el traje de los funerales. Al menos así lo llamaba ella. Era negro, y le sentaba bien. Una vez puesto, Paige se miró al espejo.

¿Quién llevaba una falda tan corta a un funeral? Paige tiró del dobladillo, pero no sirvió de nada. ¿Se habría encogido? ¿Pensarían los abogados que era una fresca, enseñando la rodilla y buena parte de la pierna?

Paige cerró los ojos y luchó contra el pánico. ¿Cómo era posible que hubiera pasado de aburrida a fresca en sólo dos días? ¿Por qué no le había avisado Shane de aquella comida con más antelación? ¿Acaso trataba de volverla loca? Si era así, había tenido éxito.

Paige se sentó en la cama y se puso las medias y los zapatos. Pero claro, Schuster decidió saltar sobre su regazo precisamente en ese momento. Estupendo. Otro traje manchado. Paige se levantó, apartó al gato y restregó la mancha con un cepillo.

Aún seguía maquillándose cuando llegó al aparcamiento del lujoso club de campo. Tenía que empolvarse la nariz y retocarse los labios. Por alguna razón sus cabellos se habían rebelado aquella mañana, negándose a caer hacia abajo como era habitual. Había un rizo, en concreto, que se levantaba una y otra vez, haciéndola sentirse como un personaje de dibujos animados.

Su color de pelo era el requerido. Rojo, como un gallo. «Rojo, más o menos», citando palabras textuales de Shane. Él sí que sabía manejar las palabras a su antojo para conseguir lo que quería.

Pero aquella noche se había redimido. Aún temblaba sólo de pensar en lo que habían hecho durante toda la noche, en las veces que lo habían hecho. En todas las posturas y desde todos los ángulos.

El rostro de Paige se ruborizó profundamente. Estupendo. Se miró al espejo retrovisor y descubrió un moratón en la curva de un pecho, en la parte alta. Se abrochó otro botón para ocultarlo y vio otro moratón más en el cuello.

Paige alzó el brazo por encima del asiento y alcanzó una bufanda de seda del asiento de atrás para ponérsela al cuello. Sus dedos estaban tan torpes que tuvo que anudársela tres veces para que quedara bien.

Eran las doce y diez. Llegaba tarde. Salió del coche y se apresuró a la entrada. Estuvo a punto de resbalar. En el vestíbulo le dijeron que el señor Biggs la esperaba en la Sala de Roble. El almuerzo se celebraría en privado.

La Sala de Roble hubiera debido llamarse Sala Oscura, porque sus cortinas verdes y pesadas impedían casi por completo que pasara la luz. Alguien había encendido candelabros, que conferían una luz tenue a la estancia. Comparado con la luz a pleno día, aquello parecía una cueva.

Paige parpadeó, tratando de acostumbrar los ojos, y enseguida vio a un hombre acercarse. Era alto y delgado, y tenía todo el aspecto de un villano de una novela de Dickens. Quitándole el traje, de corte moderno, podría haber pasado perfectamente por un personaje de su teatro.

–¡Ah!, usted debe ser la señorita Turner. Bienvenida. Soy Timothy Biggs, y este es mi socio, el señor Jonathan Bottoms –el señor Bottoms podría haber sido el señor Biggs, o su hermano gemelo, de lo parecidos que eran–. Nos alegramos mucho de tenerla aquí con nosotros –añadió el señor Biggs tomándola del codo y llevándola al fondo de la habitación.

–Siento mucho llegar tarde –se apresuró ella a disculparse, apenas sin aliento.

–No tiene importancia –contestó el señor Biggs–. Tenemos una sorpresa para usted. Mire quién ha venido.

El corazón de Paige retumbó lleno de esperanza. ¿Sería Shane, acudiendo en su rescate? Pero no... Paige parpadeó. No, no podía ser...

–Bien, Paige, ¿qué tienes que decir? –preguntó su abuela en tono exigente, dando un golpe en el suelo con el bastón de ébano.

–Aquí apesta –gruñó Shane sentándose junto a su compañero en la barra del Al's Tavern.

–Eso llevas diciendo toda la mañana –respondió Koz agarrando un puñado de cacahuetes.

–Se suponía que ahora mismo debía estar almorzando con Paige y con los abogados.

–Sí –asintió Koz metiéndose un cacahuete en la boca–. Eso también lo has dicho una docena de veces.

–No entiendo por qué me ha llamado el jefe. Aquí no pasa nada –añadió Shane mirando con impaciencia a su alrededor, en el bar vacío.

Sobre el escaparate, una marca de cerveza dibujada con luces de neón. El tocadiscos de tragaperras estaba en silencio, en un rincón. Hasta el *barman* permanecía en silencio, secando vasos.

–Este lugar es una tumba –continuó Shane–. Además, Cubs Flasher jamás ha sido visto en bares.

–Sí, eso también lo has dicho ya veinte veces.

–Bueno, es que es cierto. Hemos revisado el expediente miles de veces –contestó Shane agarrando la carpeta, sobre la barra del bar–. Esta pista tiene que ser falsa.

–Puede que sea falsa, pero ella sí que no lo es –respondió Koz.

–¿Quién? –preguntó Shane mirando a su alrededor. Inmediatamente la vio. Era difícil no verla.

–¡Eh, chico! –lo llamó una mujer joven con enormes pechos, acercándose a él–. Me llamo Bitsy, y he oído decir que te casas mañana. Es un verdadero crimen.

La mujer llevaba un uniforme de policía, pero Shane sospechó que no era esa su profesión.

Y así era. Instantes después, Bitsy se quitó la camisa y la falda para enseñar la ropa interior. El tanga que llevaba debajo era estampado, con dibujos de leopardo, pero era tan diminuto que apenas cabían dos manchas.

Y, en cuanto a los pechos, bueno... apenas cabían tampoco dentro de los límites de... nada. Bitsy estaba de pie tan cerca de él que Shane tenía la nariz casi pegada a sus montañas de silicona.

–¡Bienvenido a tu despedida de soltero! –gritó Koz alegremente mientras un montón de oficiales de policía entraban en la taberna de Al.

–¡No puedo respirar! –jadeó Shane inclinándose hacia atrás, buscando oxígeno.

Por suerte, Bitsy lo soltó, paseándose y ofreciéndole el espectáculo de sus descaradas nalgas.

–¿No es fantástica? –gritó Koz dándole un golpe a Shane en la espalda–. Nos la recomendó Mimi. ¿Recuerdas?, mi prima segunda, la de la manicura.

–La que menea el trasero incomparablemente, sí, la recuerdo. Así que lo teníais todo preparado, ¿eh? –sacudió la cabeza Shane, incrédulo. La taberna ya no parecía un velatorio, de pronto estaba repleta–. Y el jefe, ¿también está en el ajo?

–Nos dio su aprobación –asintió Koz–. Cambió unos cuantos turnos para que pudiéramos estar aquí esta tarde.

—No puedo creer que hayáis hecho esto —musitó Shane mientras Bitsy volvía a acercarse a él para enrollarle una boa de plumas negras al cuello. Alguien había puesto la canción *Satisfaction*, de los *Rolling Stones*, en el tocadiscos tragaperras—. Paige me va a matar.

—¿A dónde crees que vas? —preguntó Koz viendo a Shane deslizarse del taburete y dirigirse a la salida.

—Fuera —contestó Shane—. Tú no comprendes, mandé a Paige sola a meterse en la boca del lobo, con Bottoms, Biggs y Bothers.

—No, eres tú el que no comprende —afirmó Koz agarrando a Shane para llevarlo con Bitsy—. Esta es tu despedida de soltero. Nos ha costado mucho montarla, para poder disfrutar de ella... quiero decir, para que tú disfrutes de ella.

—Poned otra, chicos —los animó Bitsy.

Segundos más tarde se escuchaba *Hey, Big Spencer*. Bitsy se quitó la gorra de policía dejando que sus largos cabellos cayeran sobre los pechos mientras se meneaba subida a los tacones, arrastrando a Shane y moviendo las caderas con la destreza de una bailarina de los siete velos.

La audiencia la miraba cautiva de sus movimientos. Shane estaba paralizado. Bitsy era realmente buena. ¿Por qué, entonces, no le interesaba? ¿Por qué prefería almorzar con Paige en lugar de disfrutar contemplando a aquella mujer casi desnuda que movía las caderas?

Bitsy obligó a Shane a sentarse en un taburete junto a la barra, pero no consiguió interesarlo. Shane sonrió medio disculpándose y se la quitó de encima de las rodillas antes de que pudiera siquiera rozarlo. Necesitaba estar fuerte, de una pieza, para aquella noche... para Paige. Eso si ella no lo asesinaba primero.

—¡Abuelita! —la saludó Paige inclinándose para besar la piel acartonada de su mejilla.

Con ochenta y un años de edad, la abuela de Paige era una mezcla de la reina Victoria y Coco Channel, de quien había heredado el nombre. Oler su embriagador perfume y escuchar el tintineo de su collar de perlas era para Paige como volver a la infancia. Su abuela solo se ponía ese collar cuando pensaba darle una lección sobre el decoro.

–¿Qué haces aquí? –preguntó Paige tratando de ocultar su desazón–. Pensaba que estabas en Europa, con papá.

Nada más mencionarlo, Paige escuchó la voz de barítono de su padre.

–Estoy aquí, chiquilla.

–¡Papá! –lo saludó Paige descompuesta–. Estás aquí, tú también.

No había sido un comentario muy inteligente, pero apenas había dormido la noche anterior. En lugar de dormir a pierna suelta, tratando de prepararse para el encuentro, había estado haciendo el amor apasionadamente con Shane.

–Por supuesto que estoy aquí, jamás me perdería la boda de mi hija.

–Hemos buscado a su familia por toda Europa, y los hemos traído para darle una sorpresa –comentó el señor Biggs.

–Sí, estoy sorprendida –reconoció Paige.

–No puedo creer que no nos avisaras –comentó Coco Turner en tono de desaprobación, haciendo ruido con las perlas.

–No quería estropearos el viaje, sabía que teníais muchas ganas de ir a Europa.

–Estábamos en el Palzzio Hotel de Venecia cuando recibimos la llamada de estos abogados, y te aseguro que me alegro de haber vuelto –explicó Coco–. Ese hotel ya no es lo que era. Hoy en día se permite todo. Cuando yo era niña, nos vestíamos para ir al comedor. No arrastres los pies, Paige –añadió como en un aparte–. Sabes muy bien que te hace parecer menos atractiva. Bien, ¿por dónde iba? Ah, sí, en mi época había códigos estrictos de conducta. Por la tarde, para tomar el té, había que llevar guantes, y jamás se vestía de blanco antes del Día de la Conmemoración. Ninguna chica soñaba siquiera con llevar pantalones cortos, y ahora la gente los lleva incluso en el avión –continuó Coco haciendo sonar el collar–. Es un desastre, una desgracia. Paige jamás soñaría con llevar pantalones cortos en un avión, ¿verdad, querida?

–Claro que no, abuelita.

Lo cierto era que Paige nunca llevaba pantalones cortos. Era tan pálida que jamás se ponía morena. Sus compañeras de colegio se burlaban llamándola albina, de modo que había decidido ocultar las piernas. La falda de aquel día, sin embargo, parecía ir en contra de sus ideas. Aquella falda, sin embargo, podía resultar perfectamente decorosa para muchas mujeres. Lo malo era que a su abuela jamás le había importado lo que opinaran otras mujeres. A Coco Turner sólo le importaban sus propios principios, y no dejaba de mirarle las piernas.

–Esa falda, ¿no es demasiado corta, cariño? –le susurró al oído.

–Es que tenía el otro traje en el tinte –explicó Paige soltando la primera excusa que se le ocurrió.

–Una mujer bien organizada siempre debe tener un buen guardarropa listo para cualquier eventualidad –la regañó Coco una vez más, clavando la mirada después sobre los abogados–. ¿Y su cliente, dónde está?

–Shane tenía que trabajar –contestó Paige disculpándolo.

–¿Y dicen ustedes que es oficial de la ley? –volvió a preguntar Coco.

De nuevo, fue Paige la que contestó, tratando de disculparlo.

–Sí, Shane es detective de policía, de la comisaría de Wentworth.

–Estaba hablando con el señor Biggs –volvió a regañarla Coco.

–Lo siento, abuela.

–Pero bueno, ¿es que no voy a conocer al hombre con el que vas a casarte hasta el mismo día de la boda, en la mismísima iglesia?

–La verdad es que no vamos a casarnos en ninguna iglesia.

El sonido del collar de perlas de su abuela se hizo estruendoso.

–¿Que no vais a casaros en una iglesia? –repitió Coco tratando de asegurarse de que había oído bien.

–Nos casaremos aquí, en el High Grove Country Club –explicó Paige.

–¿Que no os casáis en una iglesia?

Paige sintió que comenzaba a sudar. A transpirar, como hubiera dicho su abuela, aunque jamás debía hablarse de temas como la transpiración o el dinero. Paige trató de secarse una gota de... transpiración que caía a lo largo de su cuello. De haber sabido que su familia iba a estar allí se habría empolvado todo el cuerpo. Con ellos siempre se ponía nerviosa.

–Es que todas las iglesias estaban reservadas.

–¿Y por qué tienes que casarte con tantas prisas? –preguntó de pronto su padre–. No estarás embarazada, ¿verdad?

–¡Bertrand, basta! –exclamó Coco mirándolo fijamente.

–No estoy embarazada –aseguró Paige, por si alguien se lo estaba preguntando–. Hemos elegido esa fecha a causa del testamento del abuelo de Shane.

–Sí, el señor Huntington debe casarse antes de cumplir treinta cumpleaños para poder recibir una herencia de un millón de dólares –explicó uno de los abogados.

–Resulta muy grosero hablar de dinero, ¿no creen? –comentó Coco sin dejarse impresionar.

–Bueno, pero es que... –comenzó a decir el señor Biggs, sin encontrar las palabras.

Aquello no debía sucederle muy a menudo, reflexionó Paige.

–¿Les he contado a ustedes que en una ocasión visité una mina de diamantes en Sudáfrica? –intervino entonces el padre de Paige, dirigiéndose a los dos abogados–. El gobierno reclamó mi ayuda para poner orden.

–Escucha, papá, ahora no es momento de contar esa historia –alegó Paige nerviosa.

Para empezar, era mentira. Su padre, a quien le fascinaba contar cuentos, no veía por qué razón la verdad debía imponerse estropeando así una buena historia de ficción. El señor Biggs, sin embargo, notó la reticencia de Paige y sintió curiosidad, así que comentó:

–Me encantaría oírle contar esa historia.

–Comamos primero –sugirió Paige alcanzando varias cartas y ofreciéndole una a su padre y a su abuela–. ¿Qué vais a tomar? Yo me muero de hambre –continuó observando la expresión de reproche de su abuela, para la que también aquel comentario resultaba grosero–. Lo siento, pero es que no he tenido tiempo de desayunar.

–Otra vez estás con la espalda encorvada, Paige. Además, se te está cayendo el pañuelo. Quítatelo y vuelve a ponértelo bien –ordenó Coco.

–¡No! –exclamó Paige. No podía arreglárselo allí mismo, y se negaba a ir al baño. De ninguna forma estaba dispuesta a dejar a su familia a solas con los abogados. Tenía que estar atenta, remediar cada comentario, cada situación concreta con su presencia–. El atún al *grill* suena bien, ¿no les parece?

–Señor Turner, estaba usted a punto de contarnos su experiencia en una mina de diamantes –recordó el señor Biggs.

–Llámenme Bertie –contestó su padre.

–Sabes muy bien que no me gusta ese apodo –protestó Coco.

Paige trataba de decirle a su padre, por medio de señales, que se comportara y fuera discreto. Pero su padre estaba demasiado entusiasmado con la idea de contar una de sus historias como para prestarle atención.

–Quizá esté mejor la ternera –comentó Paige tratando de atraer la atención de todos.

–¿Mejor que mi historia de la mina de diamantes? ¡Imposible!

–¿Quieren ustedes algo de beber? –preguntó entonces un camarero.

Paige se sintió tan aliviada por aquella interrupción que casi saltó de la silla y lo besó.

–Sí, yo tomaré un *Bloody Mary*.

–¡Pero Paige, si es mediodía! –exclamó su abuela mirándola como si hubiera perdido el juicio–. ¿Desde cuándo te dedicas a beber antes de mediodía?

Estupendo. Los abogados debían estar pensando que era una borracha.

–Jamás bebo. Es decir, sí bebo, naturalmente. Todo el mundo bebe. Agua, zumo de frutas, té, ese tipo de cosas. Pero no bebo mucho alcohol.

–¿Y qué considera usted mucho? –preguntó el señor Bottoms.

El socio callado había escogido bien el momento de soltar prenda por primera vez.

–Pues, no lo sé, ¿una botella al día?

–Entonces, ¿bebe usted menos de una botella al día?

–Solo tomo un vasito una o dos veces a la semana, eso es todo –se apresuró Paige a explicar.

–Querida, no te pongas a la defensiva –comentó Coco.

–¿Y por qué había de ponerse la señorita a la defensiva? –preguntó de nuevo el señor Bottoms.

–¡Porque ustedes me hacen sentirme como si fuera un testigo en el estrado! –exclamó Paige.

–Y eso, ¿por qué había de ser malo... –volvió a preguntar el señor Bottoms–, si no tiene nada que ocultar?

«Tú eres una Turner de Toledo», había dicho Shane aquella mañana. «Comes abogados para desayunar». Bien, cierto.

–No tengo nada que ocultar –aseguró Paige.

«Excepto los moratones», pensó llevándose la mano al pañuelo. El señor Bottoms supo leer el lenguaje de su cuerpo.

–Entonces no tiene usted ningún problema con la bebida, ¿no es eso?

–Sí –asintió Paige.

–¿Sí?, ¿tiene usted un problema con la bebida? –insistió el abogado.

–No, quiero decir que sí es cierto, que no tengo ningún problema con la bebida.

Todos en la mesa, al unísono, miraron a Paige frunciendo el ceño. Paige sintió pánico. Era como si de repente hubiera caído en un escenario en el que todos, excepto ella, se supieran el papel.

–¿Ha bebido usted algo antes de venir aquí? –preguntó el señor Biggs con delicadeza.

–¡No, desde luego que no!

Aunque, de haber sabido dónde se metía, lo habría hecho, recapacitó.

–¿Podemos volver a mi historia sobre la mina de diamantes? –inquirió su padre, molesto por la interrupción.

–¿Quiere alguien más beber algo? –preguntó Paige mirando al camarero.

–Sabes muy bien que jamás tomo nada de alcohol antes de las cinco –afirmó Coco.

–Bueno, si eso te hace feliz, tomaré una ginebra con tónica. Y hielo –contestó su padre.

–¡No! –exclamó Paige. A su padre jamás le había

sentado bien el alcohol. Una sola copa y sus historias eran pura fantasía–. No, tranquilo, no hace falta. Tomaré un té helado, en lugar del *Bloody Mary*.

–Inteligente decisión –la felicitó su abuela.

–Y bien –comentó su padre con ojos brillantes–. Estaba en Sudáfrica, hablando con el ministro de....

–¡Voy a matarlo! –exclamó Paige con convicción, dirigiéndose a Esma. Estaban en la terraza del club de campo, junto al Palmer Room, en donde se celebraría la boda al día siguiente–. Esta fiesta es del todo innecesaria, porque voy a matar a Shane –insistió–. Llega quince minutos tarde, ¿te das cuenta? Sus abogados me han retenido tanto tiempo después de comer que ni siquiera he podido volver a casa a cambiarme. Y no creo que esté bien que lleve el traje de los funerales a mi propia fiesta de compromiso, ¿no crees?

–Tranquila, tranquila –recomendó Esma dándole golpecitos en la espalda–. ¿Quieres un sorbito de mi vino?

–Sería capaz de beberme la botella, pero esos abogados están convencidos de que soy una alcohólica.

–¿Y de dónde se han sacado esa idea? –preguntó Esma incrédula.

–De mi propia interpretación, durante la comida.

–¿Tu interpretación durante la comida? –preguntó una vez más Esma llena de confusión.

–Me estaban examinando, y me puse nerviosa.

–Bueno, no habrá sido para tanto, ¿no?

–Hace una hora mi padre juraba haber sido él quien había encontrado el diamante más grande del mundo.

–Pues nunca me lo has contado –comentó Esma abriendo enormemente los ojos.

–Porque no es verdad –contestó Paige inquieta–. Le encanta contar historias, pero siempre exagera.

Lee un artículo en el *National Geographic*, e inmediatamente se convierte en un experto en diamantes. Lee algo sobre arqueología, y de pronto le cuenta a la gente que es un consultor experto del museo de El Cairo.

–¡Dios! –exclamó Esma compasiva.

–Exacto, por eso estaba tan contenta de que estuviera de viaje con mi abuela.

–¿Y no querías que tu familia asistiera a la boda?

–Sí, si las circunstancias hubieran sido las normales –contestó Paige observando al grupo que formaban su abuela, su padre y los abogados, con cara de sueño–. Nada hoy ha sido normal.

Aquel comentario debió de ser un conjuro, porque de pronto apareció un hombre con una gorra de béisbol de los Cubs y una gabardina.

–¡Eh, usted, joven! –lo llamó Coco–. Esa gabardina no es apropiada para una fiesta como esta. Paige, ¿no será ese el hombre con el que vas a casarte? No sólo llega tarde, sino que además se presenta desnudo. Por favor, tápese –apremió al exhibicionista–. No hay nada de que sentirse tan orgulloso.

–Ese no es Shane –dijo Paige apresurándose a proteger a su abuela de los policías que, de pronto, invadieron la terraza–. ¡Ese es Shane! –añadió observándolo ponerle las esposas al exhibicionista.

–¡Eh, cariño! –gritó Shane con una de sus sonrisas sexys–. ¡Siento llegar tarde!

No lo sentía, ni con mucho, tanto como lo iba a sentir después, se juró Paige observando una marca de lápiz de labios rojo sobre su mejilla.

Capítulo Once

Tenía que marcharse antes de cometer una locura, como agarrar el cuenco del ponche y tirárselo a Shane a la cabeza. La ira de Paige iba en aumento, así que decidió escaparse al baño, buscando allí una relativa paz.

El baño era encantador, con mármol rosa, espejos dorados y centros de flores. Quizá se quedara allí permanentemente. Paige se apoyó en una banqueta con funda de terciopelo y se cubrió la cara con las manos preguntándose cómo era posible que su vida se hubiera convertido en una locura. La respuesta era sencilla. La culpa era de Shane.

—He oído decir que estabas aquí, que estabas nerviosa.

Era la voz de Shane, y sonaba muy cerca. Pero no era posible que él...

Paige abrió los ojos. Sí, lo había hecho. Había invadido el santuario del baño de señoras del High Grove Country Club, y miraba a su alrededor para ver si había más señoras. No había nadie. De momento.

—¡Tú no puedes entrar aquí! —exclamó Paige escandalizada.

—Claro que puedo —declaró él acercándose.

—¿Y si entra alguien?

—Tengo a Koz ahí fuera, en la puerta, con instrucciones de no dejar pasar a nadie. Es policía, sabrá arreglárselas —aseguró Shane acercándose más para darle un masaje en la espalda—. ¿Quieres hablar conmigo?, ¿quieres contarme lo que ha pasado?

–¿Sabes? –contestó Paige con voz trémula–, creía que había abandonado Toledo para escapar de la vergüenza que me producía mi compromiso roto, pero ahora me doy cuenta de que estaba escapando también de mi familia. Soy demasiado sosa para mi padre, y demasiado escandalosa para mi abuela. ¿Te acuerdas del cuento de *Ricitos de oro y los tres osos*? ¿Te acuerdas de que una de las camas era demasiado grande, la otra demasiado pequeña, y la tercera era perfecta?

–Sí, bueno, al principio te he comprendido –convino Shane–, pero ahora ya me he perdido.

Por supuesto. Shane no sabía de qué estaba hablando. Jamás había deseado ser «perfecto» para nadie. Sencillamente había nacido perfecto. Paige le apartó los brazos enfadada.

–¡No tienes ni idea de lo que he tenido que pasar hoy por tu culpa! –gritó–. ¡Y encima tienes el descaro de llegar tarde a tu propia fiesta de compromiso! ¿O es que sólo has venido a arrestar a ese tipo de la gabardina?

–¿Sabes cuánto tiempo llevamos detrás de Cubs Flasher?

–Mírame –exigió Paige histérica–. ¿Te parece que eso puede importarme? Créeme, tengo problemas mucho más graves en este momento como para preocuparme por un estúpido exhibicionista. ¡Ha venido mi familia!

–Lo sé.

Paige entrecerró los ojos con una expresión peligrosa. Su carácter de pelirroja estaba a punto de estallar.

–¿Sabías que tus abogados habían avisado a mi familia para que volvieran, y no me lo habías dicho?

–No –se apresuró él a negar, dando un paso atrás a la defensiva–. Simplemente quiero decir que acabo de verlos en la terraza. Tu abuela y tu padre, ¿no es eso?

–Eso es. Y acabamos de comer en el infierno con tus abogados, Big Bottom. Es decir, culo gordo.

–En realidad el gabinete se llama Bottoms, Biggs & Bothers –dijo Shane, tratando de mantener la calma.

–Bien, pues te aseguro que hoy sí que me han molestado, como reza el nombre de ese otro, *Bothers* –musitó Paige–. Creen que soy una alcohólica.

–¿Y de dónde han podido sacarse esa estúpida idea?

–De mí.

–Pero, ¿por qué ibas tú a decirles que eres alcohólica? –volvió a preguntar Shane confuso.

–¡Yo no se lo he dicho! –contestó Paige desesperada–, simplemente lo han supuesto porque pedí un *Bloody Mary* antes de la comida.

–Escucha –comenzó a decir Shane en el típico tono de voz que usan los hombres cuando tienen que vérselas con una mujer histérica–, sé que ha sido un día muy duro para ti, pero...

–¡No tienes ni idea! Y a mí no me vengas con ese tono de voz condescendiente –lo regañó Paige clavando el dedo índice en su pecho–. ¿De dónde te has sacado esa mancha de carmín de la mejilla?

Shane se miró al espejo y juró. Agarró una toalla de papel y se limpió la prueba del crimen. No sabía por qué, pero estaba convencido de que no le serviría de ayuda contarle a Paige que, mientras los abogados preparaban una barbacoa con ella, él había estado en su despedida de soltero, con una bailarina exótica medio desnuda.

–Asuntos de la policía –se disculpó faltando sólo a medias a la verdad.

Al fin y al cabo, la despedida de soltero no había sido idea suya. Él había acudido al bar a trabajar, tal y como le habían ordenado.

–Más bien parece asunto de monos –contestó Paige poniendo los brazos en jarras–. He oído a Koz preguntarte si te había gustado la actuación de Bitsy. ¿Estaba guapa en tanga?

–¿Te olvidarás alguna vez del tema del tanga? –preguntó Shane desesperado–. Bien, ya que quieres saberlo, los chicos de la comisaría me hicieron una despedida de soltero sorpresa, una fiesta. Yo creía que me llamaban por el caso de Cubs Flasher, de verdad. Te lo dije esta mañana. Y entonces apareció Bitsy. Le dije a Koz que no era el momento de celebrar una despedida de soltero, pero se enfadó y me obligó a quedarme.

–¡Pobrecito! –lo compadeció ella molesta–. Encerrado con una bailarina exótica. ¿De qué color llevaba el tanga?

–Pues la verdad es que era de dibujos de leopardo, pero...

–Lástima que no fuera pelirroja, te podrías haber casado con ella. No, espera, no creo que los abogados dieran su aprobación, ¿verdad? ¡Qué lástima!

–¿Estás celosa de Bitsy? Te juro que jamás la había visto. Y quiero que sepas que no me gustó su actuación.

–¡Qué pena! –exclamó de nuevo Paige sarcástica.

–Hubiera deseado que hubieras sido tú.

Las palabras de Shane, entonadas en un susurro ronco, le llegaron hasta el fondo. Ahí estaba él, mirándola con aquella expresión típica suya, como diciendo: «sé que estoy metido en un buen lío, pero de todos modos te gusto». Ladeaba la cabeza y sonreía despacio, clavando la mirada en ella.

Paige comenzó a respirar agitadamente, a hiperventilar. ¿En qué lío se había metido? Se había enamorado de un hombre que era un verdadero encanto, un tipo que se llevaba a las mujeres de calle. Se suponía que se casaba con él para ayudar a los niños de Hope House, no porque quisiera metérselo en la cama. ¿Y qué pasaría con la cama? ¿Donde dormirían dos días después? Ni siquiera habían discutido sobre los asuntos prácticos.

–¿Dónde vamos a vivir? –exigió saber con voz trémula–. Mañana nos casamos, y ni siquiera hemos hablado de dónde vamos a vivir.

–Donde tú quieras, no soy quisquilloso.

¿Que no era quisquilloso? Paige lo miró a punto de desmayarse y sintió que se le agotaban las reservas de oxígeno. ¿Era esa la razón por la que se casaba con ella, porque no era quisquilloso? De ser así, se recordó en silencio, se habría casado con Scarlet, con Kate, o con cualquiera de las otras chicas con las que había salido.

–¿En qué estás pensando? –preguntó Shane cauteloso.

Paige no estaba dispuesta a desvelarle sus sentimientos a aquellas alturas. Bastante vulnerable se sentía ya. Sin embargo había muchas cosas que la preocupaban, de modo que simplemente eligió una de ellas:

–En los gatos. Puede que nuestros gatos se peleen si nos mudamos a vivir juntos.

–Puck es demasiado perezoso como para pelearse. A él todo le parece bien. Vamos, no es eso lo que te preocupa, ¿verdad que no? Cuéntame qué ocurre. ¿Te arrepientes de casarte conmigo, se te han quedado los pies fríos, como suele decirse?

–Y las manos –contestó Paige alargando una–. Mira, toca.

Los dedos de Paige estaban fríos de verdad, pero no permanecieron así mucho tiempo, porque Shane se los llevó a los labios y los besó calentándolos con su aliento.

–¿Tienes más calor ya? –murmuró él contra su piel mientras lamía su muñeca con la lengua.

–Un poco.

Entonces Shane deslizó los labios por su brazo besándolo por la parte interior hasta el codo para seguir después hacia arriba y llegar al pañuelo, que desató lenta y suavemente. Luego le acarició el cuello y, por fin, la besó en la boca. Parecía que hubieran pasado siglos desde que la besara aquella misma mañana.

Shane debía sentir exactamente lo mismo que ella, porque la besaba como si hiciera décadas que no lo hacía, como si fuera un soldado que volviera de la guerra, como si la necesitara igual que se necesita respirar. Sus caricias evocaron en ambos instantes de intimidad compartidos la noche anterior, haciendo surgir en ellos chispas de pasión.

Antes de que se diera cuenta, Paige se encontró clavada al borde de la encimera de mármol, con las piernas abiertas, mientras Shane se apretaba contra ella. Volvió la cabeza hacia un lado para darle acceso a su cuello y vio el reflejo de ambos en el enorme espejo que tenía en frente. Luego él comenzó a besarla en la boca, abierta, y Paige dejó de pensar para gozar de aquella sensación.

El mármol bajo sus piernas estaba duro y frío, pero el cuerpo de Shane era cálido, aunque duro también. Él deslizaba una mano por dentro de su falda negra. Entonces escuchó el único ruido que hubiera podido distraerla en un momento como aquel, sumida como estaba en las profundidades del deseo. Era la voz de su abuela, al otro lado de la puerta del baño.

–¿Qué quiere usted decir con eso de que no puedo entrar en el servicio de señoras? Apártese, joven. ¡Mi nieta está ahí dentro, y voy a entrar, le guste o no!

Tras aquella declaración se escuchó un golpe.

–¡Oh, no! –jadeó Paige apartándose de Shane–. ¡Mi abuela ha pegado a tu amigo con el bastón!

–Yo no he pegado a nadie –declaró Coco entrando en el servicio–. Y no voy a preguntarte qué estás haciendo ahí sentada, Paige. Sea lo que sea, puede esperar. Tú y yo vamos a tener una charla sobre el decoro.

Shane dio un paso adelante y, galantemente, quiso cargar con toda la culpa.

—Señora Turner, soy Shane Huntington. Ha sido todo culpa mía.

—Cuénteme algo que no sepa —replicó Coco sin dejarse impresionar lo más mínimo por su sonrisa.

—Lamento mucho haber llegado tarde a la fiesta y no haber asistido a la comida —continuó Shane disculpándose.

—Sí, creo que a esas horas estaba usted muy entretenido con una bailarina.

Shane se juró en silencio matar a Koz, y luego respondió:

—Bueno, era una bailarina exótica, y fueron mis compañeros de trabajo los responsables.

—¿Los responsables de que fuera una bailarina exótica? —preguntó Coco.

—No, los responsables de que yo estuviera allí. Me hicieron una despedida de soltero sorpresa.

—Y el hombre de la gabardina de la fiesta de hoy, ¿es amigo suyo también? —exigió saber Coco.

—No, *madam*, lamento mucho que se haya visto usted expuesta a él.

—En mis tiempos ningún hombre andaba por ahí en ese estado.

—Hoy en día también es ilegal andar por ahí en ese estado —repuso Shane.

—Bien, joven —continuó Coco dando un golpe en el suelo con el bastón—, ¿por qué razón cree usted que debo dejar que mi nieta se case con usted mañana?

—¡Abuela...! —protestó Paige ruborizándose.

—Cállate, Paige. Estoy hablando con tu novio. He hablado con sus abogados, así que creo que tengo derecho a escuchar una respuesta de sus labios. Y bien, joven, se lo preguntaré de nuevo. ¿Por qué debo dejar que mi nieta se case con usted mañana?

–Porque es lo que debe hacer.

La abuela de Paige dio otro golpe en el suelo con el bastón, pero esa vez significaba que aprobaba la respuesta.

–Bien dicho. Si se hubiera puesto usted a declarar su amor le habría dicho lo mismo que le dije a su último novio.

–¿Mi último novio? –repitió Paige–. Lo dices como si hubiera tenido cientos. ¿Y por qué no iba a declararme su amor?

Paige había hecho la pregunta sin darse cuenta. Pero fue su abuela la que contestó:

–Porque el amor no dura para siempre, mientras que el honor sí. Recuérdalo, Paige, y tu vida será larga y fructífera –añadió Coco dándole palmaditas en la mejilla a su nieta–. Y ahora, ven, tenemos que atender a los invitados. ¿Cómo es eso que dice la gente que se dedica al teatro, que un mal ensayo siempre da lugar a una actuación buena? Esperemos que sea verdad.

Aquel debía ser un día de luna llena, reflexionó Paige mientras seguía a su abuela. No había otra razón para explicar las locuras que habían sucedido en solo un día. Quizá también fuera esa la razón por la que creía estar enamorada. Quizá se levantara al día siguiente y se le pasara. Podía ser.

Dentro de un millón de años, quizá.

–Explícame otra vez por qué no podemos escaparnos –exigió saber Paige inclinándose sobre Shane, sentados ambos a la mesa.

Aquella cena de celebración del compromiso la daba su padre en *La Traviata*, un restaurante de lujo al que había invitado a todos los que iban a asistir a la boda. Incluyendo a una florista y una mozo a los que Paige no había visto jamás en la vida.

Toda su familia estaba allí. Su padre hablaba con el de Shane. Le contaba una historia sobre los etruscos mientras la madre de Shane escuchaba atentamente a la abuela de Paige. Dios sabía de qué hablaban ellas. Paige no podía oírlas, pero su nerviosismo iba en aumento.

—No podemos escaparnos porque seguramente los abogados de Bottoms, Biggs & Bothers no lo considerarían una verdadera boda, y pondríamos en peligro la herencia —contestó Shane—. Es demasiado tarde, no vamos a estropearlo ahora.

—Escucha, estoy verdaderamente preocupada por lo sucedido durante la comida —confesó Paige con ansiedad—. Te lo aseguro, ha sido un desastre. Mi padre tiene tendencia a... ah... exagerar su papel, cuando cuenta historias. Era el alma de las fiestas en Toledo, pero los abogados de tu familia no parecían muy divertidos. He tratado de advertirle que no era el momento ni el lugar, pero no me ha hecho caso. ¿Qué pasará si al final todo se estropea?

—¿Entonces tu padre jamás ha trabajado para el F.B.I., tal y como me ha contado mientras veníamos para acá? —preguntó Shane con una sonrisa burlona.

—Sólo como experto en el sistema de ordenadores.

—No hay ninguna ley que prohiba embellecer la verdad un poquito, no te preocupes —la reconfortó Shane estrechándola por los hombros—. Creo que nuestras familias se llevan de maravilla. Jamás había visto a mi madre tan pegada a otra persona como lo está a tu abuela —observó perplejo—. Es verdaderamente increíble.

¿De modo que Shane pensaba que su abuela era increíble? Era una lástima que no pensara lo mismo de ella. De pronto Paige recordó una pregunta que había estado deseando hacerle:

–¿Saben tus padres lo que piensas hacer con el dinero?

–No, ni se lo he dicho, ni ellos me han preguntado –negó Shane sacudiendo la cabeza–. Creo que están tan contentos de que me case con una mujer adecuada que...

–Adecuada sí, pero los tangas no me sientan bien –intervino ella.

–... a ellos los detalles no les importan –continuó Shane–. ¿Cuándo vas a olvidarte de los tangas?

–Cuando te olvides tú. ¿Te he dicho ya que tu madre estaba muy preocupada por ti el día de su cumpleaños?

–¿Es que te ha presionado para convencerme de que deje el departamento de policía? –preguntó Shane girando los ojos en sus órbitas.

–Claro, pero enseguida se dio cuenta de que no iba a funcionar. Me dijo que había llegado a temer que te casaras con una bailarina de *strip-tease*.

–Vaya, gracias, mamá –contestó Shane sacudiendo la cabeza–. No puedo creer que haya dicho eso. Espero que tú tampoco lo hayas creído.

–A veces no sé qué creer –admitió Paige bostezando.

Los acontecimientos de aquel día y la noche en blanco comenzaban a hacer mella en ella. Le costaba mantener los ojos abiertos.

–Entonces, ¿a dónde vais a ir en vuestra luna de miel? –les preguntó el padre de Paige.

–A la cama –contestó Shane–. En realidad, creo que todos deberíamos irnos a la cama. Ha sido un día muy largo.

–El día más largo de mi vida fue en un viaje a Madagascar... –comenzó a contar su padre.

–Mmmm –gimoteó Paige–. Siento como si hubiera muerto y estuviera en el Cielo.

145

–Te dije que era una buena idea tomar un masaje esta mañana –dijo Esma desde el otro lado de la cortina que las separaba–. Todas las novias deberían comenzar el día de su boda en la sala de masajes del High Grove Health Spa.

–Y todas las damas de honor –añadió Paige.

–Sí, así podremos comenzar el día relajadas, en lugar de nerviosas y cansadas.

La noche anterior Paige se había sentido tan cansada que se había quedado dormida nada más posar la cabeza en la almohada. Shane no se había quedado a pasar la noche con ella, y tampoco habían vuelto a hacer el amor.

–Te estás poniendo tensa otra vez –le dijo la masajista a Paige.

–Lo siento –murmuró ella.

Y lo sentía. Sentía no haber pasado la noche con Shane. Aquello la hubiera ayudado a disipar sus miedos. Por otro lado, una segunda noche en blanco la habría dejado destrozada. Habría parecido un zombi caminando hacia el altar. ¡Ah, pero vaya forma de caminar hacia el altar! Aquella pícara idea cruzó la mente de Paige haciéndola sonreír.

Las rutinas de belleza continuaron en el apartamento de Paige, donde la esperaba Zara con un maletín completo de maquillaje. Paige se puso nerviosa solo de ver tanto tarro y tantos colores.

–Uh... te agradezco mucho que hagas esto por mí, Zara, pero...

–Paige tiene miedo de parecer *Madam Butteerfly*, si le pones demasiado maquillaje –explicó Esma divertida, mordisqueando un apio.

–¿Y por qué iba a hacer eso? –preguntó Zara frunciendo el ceño–. Tienes que confiar en que estarás más guapa con el maquillaje, y es verdad.

El maquillaje resultó perfecto, y los rizos del cabello quedaron más bonitos que nunca. Luego vino el vestido: era todo un espectáculo, en satén y tul blanco. Un sueño hecho realidad. Los anchos tirantes mostraban la piel blanca de sus hombros mientras el top realzaba sus pechos. La falda larga caía en cascada hasta los tobillos a la perfección.

Zara y Esma no la dejaron mirarse al espejo hasta que no terminaron con ella por completo. Cuando por fin lo hizo, Paige no podía creer lo que veían sus ojos. Incluso alargó una mano para tocar su reflejo, tratando de asegurarse de que era ella de verdad.

–No sé qué decir –susurró.

–Di que te hace muy feliz.

Paige se volvió hacia Zara y contestó:

–Estoy extasiada, atónita ante tu talento.

–Bueno, espero que podamos salir de aquí sin que tus gatos lo arruinen todo.

–Ahora eres tú la que tiene poca fe –bromeó Paige–. Les di una lata de atún, así que están tumbados en el salón, durmiendo la siesta.

–Ha llegado la limusina –dijo Esma mirando por la ventana.

–¿Lo llevas todo? –preguntó Zara–. ¿Zapatos?

–Afirmativo –confirmó Paige sacando un pie.

–¿Joyas?

Paige se tocó el collar de perlas y los pendientes a juego que su abuela le había dado la noche anterior, en el restaurante.

–Afirmativo.

–¿Guantes?

–Afirmativo –dijeron Paige y Esma a la vez, alzando los guantes que les llegaban hasta el codo y que pensaban ponerse para la ceremonia.

–Creo que se te olvida algo –vaciló Zara–. Ya sé, ¡el velo!

–Lo llevo puesto –contestó Paige.

Era un velo corto que se pondría sobre la cara al entrar en la iglesia y que Shane levantaría durante la ceremonia. Por el momento lo llevaba echado hacia atrás.

–Será mejor que nos vayamos –dijo Esma–. Te veremos allí, Zara.

Al salir del apartamento Paige pensó que aquella era la última vez que lo hacía como mujer soltera. Entonces subió a la limusina y esta arrancó, y ya no tuvo tiempo de pensar en nada más. Una vez en el High Grove Country Club, Paige asomó la cabeza por el salón Palmer, transformado por completo con filas de sillas tapizadas en blanco y adornos florales en melocotón y blanco. En la parte delantera, un cuarteto de cuerda tocaba suavemente una melodía. Había sido idea de la madre de Shane. Los invitados iban llegando, de modo que Paige y Esma se dirigieron hacia la pequeña antesala de uso exclusivo para los novios.

Esma comprobó que Paige llegaba sin incidentes, y después se apresuró a echar un vistazo a sus empleados y a la comida que se serviría en el Masters Ballroom, una sala adyacente.

–Será solo un momento –prometió antes de marcharse–. Te quedarás tranquila sin mí, ¿verdad?

–Sí, estoy tranquila –aseguró Paige.

Y lo estaba. Consiguió estarlo durante los primeros minutos. Luego el sonido de voces llamó su atención. Sobre todo cuando reconoció la de Shane.

Paige se acercó a la pared de la que procedían las voces para escuchar con más claridad. Eran Shane y su padre, en el saloncito de al lado. Y hablaban de ella.

–¿Qué quieres decir con eso de que los abogados no aprueban a Paige? –gritaba Shane enfadado–. ¡Cumple cada una de esas estúpidas condiciones de la maldita lista!

–Según parece Biggs y Bottoms no están de acuerdo. No opinan que su familia sea lo suficientemente respetable, aunque sea rica y tenga buenos contactos. Pensaron que era mejor que te lo dijera yo.

–¿Quieres decir que los muy cobardes no se atreven a decírmelo? No puedo creer que me estés diciendo esto en este momento. ¡Faltan sólo unos minutos para la boda!

–¿Quieres que se lo diga yo a Paige...?

–¿Decirle qué? –lo interrumpió Shane–. No me importa lo que digan los abogados, no voy a dejarla plantada. Al diablo con Biggs y Bottoms, voy a casarme con Paige de todos modos. No pienso abandonarla.

No, no la abandonaría. Shane era un hombre de honor. Paige escuchó un portazo y luego silencio.

Entonces sintió una extraña calma. Una vez más era ella quien no encajaba, quien era juzgada y fallaba. Pero sabía lo que tenía que hacer. Y sabía que no le quedaba más remedio que hacerlo, porque no iba a obligar a Shane a cargar con aquel matrimonio. Eso significaba que era ella quien tenía que abandonarlo, pero no sin darle antes una explicación. Se la daría, y lo haría con buen ánimo, como si no tuviera roto el corazón, como si no le importara.

–Hola, ya estoy aquí. No he tardado tanto, ¿verdad? –comentó Esma sin aliento, volviendo al saloncito con Paige–. La sala de baile está preciosa, con candelabros alineados como en un cuento. Shane lo mandó copiar del Windy City Ball. Espera a verlo.

–No voy a verlo –dijo Paige con voz rota, tensa–. Voy a cancelar la boda.

–¿Qué? –gimió Esma–. ¿De qué estás hablando?

–Acabo de escuchar a Shane hablando con su padre en la sala de ahí al lado. Los abogados no me aprueban.

–¿Que no te aprueben? –repitió Esma incrédula–. ¿Se han vuelto locos?

–No tengo tiempo para discutir, Esma. Tengo que cancelar la ceremonia antes de que sea demasiado tarde.

–¡Pero si ya es demasiado tarde! Los invitados están en el salón Palmer. Shane y el padrino también están allí. Tu padre está ahí fuera, esperando para escoltarte al altar. ¿Quieres que vaya a buscarlo para que hables con él?

–No, acaba de contarme la historia de cuando asistió a la boda del príncipe Andrews y Fergie, que en realidad es verdad.

–¿Y qué vas a hacer? –preguntó Esma viendo a Paige caminar a grandes zancadas hacia la puerta.

–Ya te lo he dicho, voy a cancelar la boda. Ahora mismo, mientras aún tenga agallas.

–¡Espera! –la llamó Esma–. Piénsalo otro poco más, solo un minuto o dos...

–¡No! –se negó Paige con voz trémula, recuperando de inmediato los nervios–. Si lo hiciera, puede que me tentara la idea de aprovecharme de que Shane es un hombre de honor, incapaz de echarse atrás cuando hace una promesa. Es capaz hasta de ignorar el hecho de que ni siquiera me ama. No, tengo que hacerlo, ¡y tengo que hacerlo ya!

Paige se liberó del brazo de Esma, respiró hondo y pasó por delante de su padre.

–¡Espera! –gritó él–. ¿No se supone que tengo que llevarte al altar?

Esma le explicó lo ocurrido al padre de Paige mientras esta se dirigía a la puerta que daba al salón Palmer, donde hubiera debido de celebrarse la boda. La entornó, asomó la cabeza, y dijo con voz nerviosa:

–Eh, escuchen todos. ¿Quieren atenderme un momento, por favor?

Pero con el ruido de los músicos, nadie la oyó. Entonces Paige elevó la voz:

–¿Podrían parar esa música un momento, por favor? –hubo un silencio mortal. Paige estaba muerta de pánico. Tenía que guardar la calma, mostrarse animada–. Gracias. Escuchen todos –comenzó con voz artificialmente alegre, mientras todos los rostros se volvían hacia ella–. Siento mucho que hayan venido todos aquí hoy para nada, pero la boda queda cancelada... márchense a casa.

Entonces se produjo un inmenso murmullo de voces curiosas. Muchas personas se pusieron en pie nerviosas, pero Shane gritó, con su tono autoritario de policía:

–¡Que nadie se mueva!

Capítulo Doce

Paige trató de salir huyendo a la carrera, pero el velo se le enganchó inexplicablemente en el marco de la puerta. Entonces, mientras trataba desesperadamente de soltarlo, Shane corrió hacia ella.

—¿Qué ocurre aquí? —exigió saber con las manos en las caderas, sin dejar de mirarla.

¿Cómo se atrevía a enfadarse con ella? Sólo trataba de hacerle un favor. ¿Es que era tan cabezota que no se daba cuenta?

—Lo sé todo —dijo Paige tratando de superar la vergüenza y de evitar el cotilleo por parte de la alta sociedad allí reunida, que los observaba y escuchaba.

—¿Saber qué?

—La situación, con los abogados —añadió en voz baja—. Sé que ya no hace falta que te cases conmigo.

—Ya sé que no hace falta que me case contigo —repitió él mirándola con aquella expresión suya tan típica, como diciendo: «pero aun así te gusto»—, es que quiero casarme contigo.

—Sí, ya lo sé, porque eres un hombre de honor —asintió ella con una mirada cómplice.

—Porque te quiero —dijo él en voz baja con una de sus más encantadoras sonrisas.

—Sólo pretendes ser amable —suspiró ella.

Los invitados, completamente absortos en la escena, observaban y escuchaban con gran curiosidad.

—¿Amable? —repitió Shane atónito—. ¿Te declaro por fin mi amor y tú dices que sólo pretendo ser amable?

–En realidad él no me ama –declaró Paige en voz alta, dirigiéndose a la audiencia.

Algunos invitados asintieron comprensivos. Sobre todo las mujeres.

–Sí que la amo –aseguró Shane dirigiéndose a los invitados y a ella–. Comprendo que debería habértelo dicho antes, pero...

–Sí, esa habría sido una buena idea –intervino Esma desde detrás de Paige, con un maravilloso acento británico que embelesó a la audiencia.

–Eh, no es tan fácil desvelar los sentimientos –gruñó Shane–. Y, créeme, hacerlo delante de toda esta gente con camisas tiesas no me parece el mejor momento. Pero lo hago porque te quiero.

–Shane, no hace falta que hagas esto –afirmó Paige dándole golpecitos reconfortantes en el brazo, antes de añadir, dirigiéndose a las mujeres de la última fila–: Es demasiado responsable, eso es lo que pasa. Puede que ustedes no se den cuenta, señor y señora Huntington, pero su hijo es un hombre de honor. ¿Saben ustedes lo que iba a hacer con el millón de dólares que pensaba heredar de haber dado los abogados su aprobación? Pensaba donarlo. Todo. Iba a donarlo a un lugar llamado Hope House. ¡Hola, Sheila! –añadió mirando hacia la tercera fila–. Siento mucho que haya salido mal, aunque quizá haya aún algún modo de reunir ese dinero...

–Eso ya lo he arreglado yo –la interrumpió el padre de Shane.

–¿En serio? ¿Cómo?

–Yo se lo daré –afirmó S.F.–. El dinero de la herencia vuelve a revertir sobre la familia. Shane recapacitó y me contó por fin sus planes, así que se lo dije. La familia está de acuerdo en que serás una esposa perfecta para él, creemos que los abogados se equivocan al no darte su aprobación. Y estamos de acuerdo en que Hope House es una buena causa, así que Shane ya tiene el dinero.

153

–¡Eso es estupendo! –exclamó Paige–. Pero no hace falta que Shane se case conmigo, si es que va a darle usted el dinero.

–Bueno, puedo ponérselo como condición, si tú quieres –señaló S.F.

–No –se apresuró Paige a contestar–. Muchas gracias, no quiero. Bien, ahora, si me disculpan, debo marcharme...

–Te lo estoy diciendo alto y claro, Paige Turner. No me caso contigo a la fuerza –declaró Shane a voz en grito, desesperado–. Me caso contigo por que te amo. En serio. No pretendo ser amable. ¿Desde cuándo soy una persona tan amable?

–Siempre lo has sido –contestó ella–. No es cierto, ¿Sheila?

–Sí, tengo que estar de acuerdo contigo –respondió Sheila–. Sólo el hombre más amable y generoso del mundo donaría una suma así.

–Está bien, olvídate de la amabilidad –añadió Shane, cuya voz había pasado de la desesperación al pánico–. Escúchame, Paige. Te amo porque siempre vas en zapatillas, y ni siquiera te das cuenta de lo adorable que estás con ellas. Te amo porque tienes un corazón generoso y unos labios más generosos aún. Te amo a pesar de que no te guste el hockey. Y ni siquiera voy a molestarme en mencionar lo del tanga. ¿Recuerdas el cuento de *Ricitos de oro y los tres osos*?, ¿te acuerdas de que una cama le quedaba demasiado pequeña, otra demasiado grande, y la tercera era perfecta? Bien, pues por fin lo he comprendido, ¿vale? Tú eres perfecta para mí. ¡Tienes que casarte conmigo!

Aquel discurso incoherente le llegó a Paige al corazón. ¡Por fin lo creía! Shane no decía todo aquello por pura amabilidad. Aquel era el verdadero Shane, diciéndole alto y claro, en serio, que era perfecta para él, que la amaba de verdad. No lo estaba soñando, era real. ¡Estaba ocurriendo de verdad!

Sólo cuando se arrojó a sus brazos para besarlo y decirle que sí, que se casaría con él, se dio cuenta Paige de lo él hacía. Su futuro marido, el hombre que la amaba, acababa de esposarla.

–No pienso dejarte marchar –advirtió Shane–. Eres lo mejor que me ha ocurrido jamás, y quiero ser para ti también lo mejor que te haya ocurrido jamás.

–Creía que ibas a guardar las esposas para la luna de miel –bromeó el padre de Paige–. Entonces, ¿va a haber boda, o no?

–Sí, habrá boda –confirmó Paige llena de lágrimas de felicidad–. Habrá boda. La boda de dos personas que se quieren, porque yo también te amo, Shane.

–Guardaos los besos para después de la ceremonia –advirtió el padre de Paige–. Y quitaos ya esas esposas.

Shane sonrió sin dejar de mirar a Paige. Sonreía como si ella fuera el motivo de su existencia. Luego se metió una mano en el bolsillo para buscar la llave de las esposas, pero no la encontró. Se volvió hacia el padrino, y dijo:

–Bueno, Koz, ya basta de bromas. Dame la llave.

–Eh, te di las esposas para gastarte una broma, pero te di también la llave. Yo no la tengo.

–¿Estás de guasa, ¿verdad?

–Lo digo completamente en serio –se mantuvo firme Koz.

–¡Acabemos con este *show*! –proclamó la abuela de Paige dando un golpe en el suelo con el bastón–. Como sigáis así, voy a cumplir cien años antes de que os decidáis.

Y así fue como Shane y Paige se casaron, unidos no sólo por sus promesas, sino también por un par de esposas. Al final, durante la recepción posterior, Coco sacó la llave.

–No quería arriesgarme a que hubiera más dilaciones –declaró.

–La vida está llena de oportunidades –comentó Paige dirigiéndose a su abuela–. Por fin he comprendido que, a veces, el riesgo merece la pena.

–¿Es que aún sigues pensando que es arriesgado amarme? –preguntó Shane en tono de protesta, deslizando un brazo por la cintura de Paige. Luego alzó su rostro para mirarla a los ojos, y murmuró–: ¿Es que no sabes que mi amor por ti es seguro?

–Creo que voy a concederte los próximos treinta años para convencerme –declaró Paige sonriendo.

–Treinta años, ¿eh? No es mucho, será mejor que empiece cuanto antes.

Y lo hizo. La besó.

Acepte 2 de nuestras mejores novelas de amor GRATIS

¡Y reciba un regalo sorpresa!

Oferta especial de tiempo limitado

Rellene el cupón y envíelo a
Harlequin Reader Service®
3010 Walden Ave.
P.O. Box 1867
Buffalo, N.Y. 14240-1867

¡Sí! Por favor, envíenme 2 novelas de amor de Harlequin (1 Bianca® y 1 Deseo®) gratis, más el regalo sorpresa. Luego remítanme 4 novelas nuevas todos los meses, las cuales recibiré mucho antes de que aparezcan en librerías, y factúrenme al bajo precio de $2,99 cada una, más $0,25 por envío e impuesto de ventas, si corresponde*. Este es el precio total, y es un ahorro de más del 10% sobre el precio de portada. !Una oferta excelente! Entiendo que el hechó de aceptar estos libros y el regalo no me obliga en forma alguna a la compra de libros adicionales. Y también que puedo devolver cualquier envío y cancelar en cualquier momento. Aún si decido no comprar ningún otro libro de Harlequin, los 2 libros gratis y el regalo sorpresa son míos para siempre.

416 BPA CESK

Nombre y apellido	(Por favor, letra de molde)

Dirección	Apartamento No.

Ciudad	Estado	Zona postal

Esta oferta se limita a un pedido por hogar y no está disponible para los subscriptores actuales de Deseo® y Bianca®.
*Los términos y precios quedan sujetos a cambios sin aviso previo.
Impuestos de ventas aplican en N.Y.

SPD-198   ©1997 Harlequin Enterprises Limited

En muy poco tiempo, Meg no podría seguir negando la evidencia. Sin embargo, estaba totalmente decidida a guardar su secreto mientras visitaba a sus padres, en California, y terminaba de aceptar el hecho de que iba a ser madre soltera.

Pero a Niccolo Dominici, un viejo amigo de la familia dedicado al negocio de los viñedos, no se le podía engañar fácilmente. Al más puro estilo italiano, insistió en que debía cuidar de Meg y del pequeño. Meg sabía que su matrimonio con aquel hombre moreno y guapo no sería solo de conveniencia...

Un novio italiano

Jane Porter

PÍDELO EN TU PUNTO DE VENTA

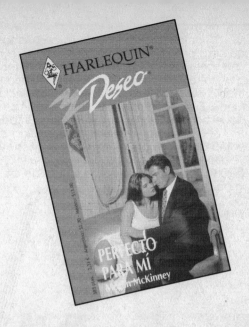

La nueva enfermera Rebecca O´Reilly había transportado la imaginación del doctor John Saville a territorios inexplorados. Evidentemente, aquella gata salvaje había sufrido heridas en el amor y protegía su maltrecho corazón con una lengua viperina. John sospechaba que su actitud descarada y arrogante escondía, al mismo tiempo, la inocencia y un deseo atrevido de experimentar el sexo.

Sabía que no podía jugar con los sentimientos de Rebecca. Cualquier relación íntima significaría un fuerte compromiso. ¿Resistiría la tentación y conseguiría mantenerse en su posición de soltero, o cedería ante el deseo y tomaría a Rebecca por esposa para siempre?

PÍDELO EN TU PUNTO DE VENTA

Todas soñaban con él, pero todas sabían que era peligroso. Con un fino sentido del humor y una sonrisa irresistible, Wade Mateo causaba estragos entre las mujeres. Pero Geneva Jensen, una madre soltera y luchadora, se enorgullecía de ser fuerte. De ningún modo iba a caer en las redes de aquel hombre con éxito, soltero y encantador.

Él tenía una faceta escondida que solo había descubierto Geneva porque era su vecina y veía la ternura con la que trataba a su hijo. ¿Habría alguna posibilidad de que el soltero de oro sentara la cabeza con aquella mujer?

Quizás el amor estuviera llamando a su puerta...

Soltero y sin compromiso

Carolyn Greene

PÍDELO EN TU PUNTO DE VENTA